依据国家教育部和中央电视台
联合主办的《开学第一课》活动

"我的梦，中国梦"主题拓展原创版

记住时光，记住爱

中央电视台《开学第一课》编写组 编

时代文艺出版社

图书在版编目（CIP）数据

记住时光，记住爱 / 中央电视台《开学第一课》编写组编.—2版.
—长春：时代文艺出版社，2016.1（2023.7重印）
（开学第一课）
ISBN 978-7-5387-4921-2

I. ①记… II. ①中… III. ①中国文学—当代文学—作品综合集 IV. ①I217.1

中国版本图书馆CIP数据核字（2015）第257165号

出品人　陈　琛
责任编辑　闫松莹
助理编辑　孙英起
装帧设计　孙　利
排版制作　隋淑凤

记住时光，记住爱

中央电视台《开学第一课》编写组 编

出版发行 / 时代文艺出版社
地址 / 长春市福祉大路5788号　龙腾国际大厦A座15层　邮编 / 130118
总编办 / 0431-81629751　发行部 / 0431-81629755
官方微博 / weibo.com / tlapress　天猫旗舰店 / sdwycbsgf.tmall.com
印刷 / 北京市一鑫印务有限公司
开本 / 710mm×1000mm　1 / 16　字数 / 120千字　印张 / 12
版次 / 2016年1月第2版　印次 / 2023年7月第3次印刷　定价 / 36.00元

图书如有印装错误　请寄回印厂调换

《开学第一课》编委会

编委会主任：韩　青　许文广

主　编：许文广

副主编：卢小波

编　委：张雪梅　骆幼伟　张　燕　吴继红

　　　　刘翠玲　柏建华　孙硕夫　高　亮

　　　　夏野虹　禹　宏　苗嘉琳　邓淑杰

　　　　李天卿　曾艳纯　郜玉乐　孟　婧

《开学第一课》的价值

　　有人问我，《开学第一课》的价值体现在什么地方？我认为最重要的就是全社会希望并通过我们传递出来的价值观。多元是时代进步的标志，我们尊重不同的声音和价值理念，但是作为教育部和中央电视台联手举办的一项公益活动，我们要传递的是主流的、与时俱进又符合中华文明传统的价值观。

　　在2008年，我们通过《开学第一课》传递了抗震精神和奥运精神；2009年正值新中国60周年华诞，我们在象征着民族精神的长城，为孩子们播撒下爱的种子；2010年，我们告诉孩子们，一个拥有梦想的民族，一个不断仰望星空的民族，就是拥有未来的民族，人生的每一个阶段都需要梦想的指引、坚持和探索，而每个人的梦想汇集起来就可能成为国家的梦想、民族的梦想。

　　举办《开学第一课》三年来，我个人也有一个梦想，我梦想这项目光远大、朝气蓬勃的公益活动能够坚持举办十年，让它给这一代孩子的成长提供正面的、积极向上的力量，这就是《开学第一课》的意义所在。

　　我希望全社会的力量汇集起来，给孩子们一种价值观的教育，中央电视台愿意承担使命，连同教育部把这项公益活动做好。我们也欢迎全社会各界积极参与、支持，从出版、纸媒、网络、志愿行动、慈善事业等各个方面，加入到这个追逐共同梦想、打造恒久价值的公益活动中来。

　　由此，我亦十分高兴地看到《开学第一课》系列丛书的出版，我相信时代文艺出版社正是基于我们共同的理想，以出版的力量为孩子们的未来创造了更丰富的阅读食粮，为《开学第一课》的精神理念提供了更多样的传递方式。

中央电视台 许文广

目　录

001

第三部分 奇思妙想想世界

003

目录

第六部分　你最珍贵

005

目录

记住时光，记住爱

第一部分

爱我你就抱抱我

当我在夜里复习功课，从母亲手中接过一杯茶、一杯热咖啡时；当大雨倾盆，一个人坐在教室里发呆，从父亲冰冷潮湿的手中接过一件温暖的雨衣时；当在晚饭桌上，父母从盘中夹过来最好吃的菜时，我感悟到了亲情，是那么真切。

——胡佳敏《用心圈出一块爱的领地》

"一家之最"

应金鹏

朋友，你一定知道不少"世界之最"吧？但是，你听说过"一家之最"吗？嘿，不急，且听我慢慢道来。

"勤劳之最"的殊荣，当然被爷爷夺去了，因为爷爷一天从早到晚忙个不停。我早上起床时，他已从田里回来了；晚上，我下晚自习回到家里，他还在为明天的劳动准备。今年夏天，爷爷生了一场大病，还没痊愈，就不"听话"了，拄着拐杖老往田间跑。农忙到来时，爷爷再也待不住了，也跟着我们在烈日下抢收稻谷。由于身体过于虚弱，有一天还差一点儿晕倒了呢。我们都劝他不要出来干活了，在家好好歇歇，可他总是说："我不干活就浑身难受。"真是拿他没办法！

"严厉之最"送给爸爸是最合适不过的了。期中考试前，我忙于复习功课，好久没能好好玩耍了。现在期中已过，我心想：终于可以透一口气了。谁知刚拿出扑克，爸爸就面孔一板、双眼一瞪。那架势好像要把我吃了一样。只听他严厉地说："你学会了世界上所有的知识了吗？还不赶快去复习功课！"世界上的知识我当然是学不完的，哎，我只好乖乖地坐回书桌前……

"吹牛之最"则非姐姐莫属啦，她总把简单明了的事情说得离奇曲折；把微小平淡的事情说得惊心动魄；更是把自己说得天花乱坠，无所不能。

至于我吗？则是"幽默之最"，不出三句我准能逗得表弟直打滚，妈妈笑出眼泪。

"一家之最"给我的家带来了生机，带来了快乐，更带来了色彩，我们时刻被满满的幸福充盈着。我爱这"一家之最"！

爸爸是船，妈妈是帆

肖　敏

在我还依偎在父母身旁的时候，就常常听到这样一首美丽的童谣："爸爸是船，妈妈是帆，载着小小的我驶向金色的彼岸……"

我的爸爸工作很忙，经常不在家，但他仍然非常关心我的学习。在我的眼里，他既是慈父，又是严父。

上学期临近期末考试的时候，爸爸因公出差到北京去了。考试的前一天晚上，我突然收到了一封从北京发来的电报。我小心地打开电报，跳入眼帘的是十一个大大的字：敏女，好好复习，争取好成绩。爸爸呀爸爸，您远在千里之外，还这么关心我的学习！我觉得全身都充满了力量。

晚上，我手里捏着这份电报躺在床上，眼前似乎出现了爸爸慈祥的面容，耳旁似乎听到了爸爸亲切的话语，朦胧中，我似乎看到自己双手捧着试卷奔向爸爸，爸爸抱起我，像小时候那样用胡子楂轻轻地刺我的脸，我们一同笑了……考试结束了，我的两门功课都取得了好成绩。我想：爸爸也有功劳啊！

一个星期天的下午，我一直缠着妈妈，让妈妈给我买新衣服。妈妈忽然站起身来，轻轻地说："来，敏敏。"好奇心促使我跟着妈妈走进了卧室。妈妈取出一本旧相册，翻开第一页，让我看一张发黄的照片。照片上是一个二十岁左右的姑娘，上着一件灰色的罩衫，下套一条暗灰色的裤子，膝盖上还有一双"眼睛"。这个姑娘是当年的妈妈。妈妈拍了拍我的肩膀，语重心长地说："妈妈那时候二十岁了，穿的衣服还是外婆穿过的旧衣服。"我的脸红了，羞愧地垂下了头。过了一会儿，我猛地抬起头，迎着妈妈含笑的目光说："妈妈，新衣服我不要了。"妈妈欣慰地笑了。

从我一岁到十二岁，爸爸、妈妈给予我的不仅仅是父爱和母爱，还有很

003

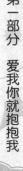

第一部分　爱我你就抱抱我

多很多。因为他们，我感到满足，感到骄傲！

　　"爸爸是船，妈妈是帆，载着小小的我驶向金色的彼岸……"我仿佛又听到了那首美丽的童谣。现在，对于这首童谣，我已有了更多的感触和理解。

向爸爸妈妈要"权"

闫 涵

再过两个月零九天，我就九岁了，已经懂得好多好多的道理了。可在家里，爸爸妈妈总拿我当小孩看待，一点儿也不尊重我的"发言权"。

星期天，爸爸同妈妈商量去奶奶家需要带什么东西。我走过去，刚要开口，爸爸眼一瞪、手一挥："一边去！大人说话，小孩家插什么嘴？"看奶奶是全家人的事，为什么不让我提建议呢？

还有一次，妈妈想给姥姥织毛衣，问爸爸："不知道妈喜欢啥颜色？"我急着跑上去，抢着说："喜欢……"妈妈站起身，像撵小鸡一样把我撵到一边，说："小孩子不要听，做完作业看电视去。"你听听，连听都不让听了，我还是家庭中的一员吗？

最近，做化妆品批发生意的爸爸把家里的钱拿出来进了一批好几万元的洗发水。平时妈妈的工资便是一家的生活费，可这个月晚了两天妈妈才发工资。家里没钱了，妈妈直埋怨："没钱买菜，看你吃什么？"爸爸随口说了几句，两个人就吵了起来，吵得我作业也做不下去。嗨！想起来了……我从书柜里找出储蓄罐，双手捧着，笑眯眯地交给妈妈："这是过年时的压岁钱，拿去买菜吧！"

这时，我看见妈妈一眼不眨地看着我，眼睛湿湿的。爸爸脸红红的，直搓手。突然，爸爸一个箭步，冲到我面前，把我抱起来，举过头顶。"好儿子，真是我的好儿子！""当然啦，我已经是大人了嘛。今后商量什么事，也有我一份。"我乘机提要求道。看着我一本正经的样子，站在旁边的妈妈大手抬起，轻轻地落到我屁股上。"好你个精灵鬼，变着法儿要权啊！"妈妈一语道破天机，我们都笑了。

从那以后，家里有什么事，我插插话、发发言，爸爸妈妈便不再批评我了，有时还主动征求我的意见呢。

005

第一部分 爱我你就抱抱我

撑 伞

顾泉根

秋天的雨，很是阴冷。妈妈在家门前的水泥板上为我们洗衣服，我偎在妈妈身旁为她撑伞。

妈妈弓着身子，用粗糙的手仔细地搓洗着，我一手拿着为自己撑的伞，一手拿着为妈妈撑的伞。妈妈埋头干活，没有和我说话，我渐渐觉得有些无聊，开始观察起雨的动向，它是斜着过来的，打在妈妈的伞上。于是，我便自觉地改变了伞的方向，把它对着雨飘来的方向。妈妈或许是感觉到了我的这份乖巧，看了看我，嘴角还扬起一丝微笑，这微笑以雨为背景，包裹在我为她撑起的伞中，显得特别动人。

因为这时刻，因为这秋雨，因为这眼神，更因为这微笑……渐渐地，我开始幻想起来：要是我是一名画家那该有多好，我要把它画下来，因为这实在是我见过的最美的一幅画；要是我是一位诗人那该有多好，我要把它写下来，因为这的确是一个优美的意境；要是我是一位音乐家那该有多好，因为这真的可以谱写成一首美妙的歌曲了……

手臂上隐隐的酸痛拉回我的思绪，妈妈依旧弓着身子仔细搓洗着，只是口中开始不停地唤着："孩子，快好了。"我很想告诉妈妈我没事，可是不善言辞的我就是没有说出口，更懊恼的是竟然还一个劲儿地点着头……

寸草春晖

苏婉红

昨晚，和奶奶吵了一架，问题出在我们对一件事的不同看法，奶奶看法的陈旧使我忍无可忍。烦躁之极，想出去透透气。虽说是透气，其实只是想避开奶奶的唠叨而已。走着，走着，就来到了屋后的园子里。一走进这个小菜园，一切的不快与愁绪都很快消失得无影无踪了。

虽然天气还有点儿冷，但是菜园里却充满了绿意，让人在寒冷的冬天里感到了一缕春天的气息。你瞧！这一丛丛的油菜花，一道道金黄的颜色直逼人的眼。油菜花！我们又见面了，还记得小时候那个在你身旁蹦来跳去的小女孩吗？小时候，我时常到这个菜园里来玩，围着盛开的油菜花唱啊跳啊。小不丁点儿的菜花活像一只只展翅欲飞的小蝴蝶，奶奶便常常把一小枝油菜花插在我的头发上，我们的笑声充满了整个小菜园。现在想起来，心头不禁升起一阵温暖。

那边一片青翠，一看，原来是小香菜。它们终于破土而出了，浅浅的颜色，水灵灵的，似乎只要一碰就会化成水似的。它们的茎哟，嫩白嫩白的，活像婴儿们的肌肤。我的心猛然一震，香菜的叶子就像母亲，茎就像在母爱中慢慢长大的小孩，无论是风吹雨打，还是光照日晒，叶子始终都默默地为它遮风挡雨。我从小离开父母跟奶奶生活在一起，奶奶无微不至地关怀着我：饿了，给我煮可口的饭菜；冷了，给我织漂亮的毛衣。多少年风里来雨里去，她从没有半句怨言，奶奶于我不正是叶子于茎吗！

想到这里，我不禁快步赶回家，我要为奶奶敬上一杯热茶，献上一首美丽的油菜花！

当"家长"的滋味

王遇时

告诉你，长这么大我始终有一个梦想，就是当一回家长。因为我总觉得当小孩太不容易，你瞧大人们多神气，说东就东，说西就西，自己有烦恼，就可以拿我们小孩当"出气筒"。而我们小孩呢？只有受气的份儿。因此，我特别盼望当一回家长，过一把家长瘾。

没想到，机会很快就来了……

今天早晨一起床，我就自告奋勇地对爸妈说："今天让我来当一天家长好不好？"没有想到爸妈竟一致赞成，我终于等到了挺直胸膛说话的这一天，其中滋味肯定美得很！

上午吃过早饭后，我往沙发上一躺，怡然自得地看起了电视。一会儿，妈妈过来了，笑盈盈地对我说："家长同志，你看地上这么脏，怎么办啊？"啊？这地？只有我来拖啰，因为平时都是当家长的爸妈拖的，可谁让我今天是家长呢！于是我无奈地拿着拖把干了起来，拖完地累得我是一屁股坐在沙发上再也不想起来了。

这时已经中午十一点多了，该吃中饭了。我刚想埋怨他们怎么没有做饭，可是一想："不行，今天我是家长！"得，原来爸妈今天是明摆着要一起整我呢！没有办法，我只好学着妈妈的样子，系上围裙，慌手慌脚地做了一个蛋炒饭。我刚把饭端上桌子，爸爸妈妈就嚷嚷："休息日竟搞个'蛋炒饭'？真没劲儿啊！"听了他们的话，我真是气不打一处来："你们就将就吃吧，一上午可把我累坏了。""累坏了？当家长的滋味不好吗？"哈哈哈，爸妈又是一阵大笑……

瞧见了吧，事非经过不知难。这下我总算明白了：当孩子难，当家长更难。我这番折腾也算划得来！

我最敬佩的人

钮舒静

人的一生中，总会有一些人给自己留下深刻的印象，值得敬佩，值得学习。我最敬佩的人就是我的外祖父。

外祖父是一位年过六旬的白发老人。在他那高高的颧骨上架着一副老花镜，堆满皱纹的脸上，总是挂着慈祥的微笑。外祖父从十几岁起，就从事修鞋工作。他长年累月地干活，左手的大拇指已经弯曲变形了。

外祖父修的鞋既美观又耐穿，从早到晚，找外祖父修鞋的人络绎不绝。

一天，暮色已经降临。有一位顾客气喘吁吁地走进我家，对外祖父说："您这里有我一双等着修的鞋，我有急事，您能不能先把它修好，我明早五点半来拿？"外祖父毫不犹豫地说："可以。"说着便找出那个顾客的鞋，他先把鞋帮浸湿，接着把鞋帮端端正正地打在鞋楦上，把绳子打上蜡，最后仔细地一下一下地修着。屋子里静极了，只听见爷爷修鞋的声音，还有那墙上不甘寂寞的钟摆也在滴答滴答地响着。清早，我一觉醒来，看见外祖父床上的被子平铺着，炉子旁边放着一双修好的鞋，不一会儿，那位顾客进了屋，外祖父说："修好啦！"那位顾客问："多少钱？""六角。"那人递给外祖父两元钱，说："剩下的您买斤饼干吃吧！"外祖父说："不必客气，修鞋是我的工作，应该啊！"说着外祖父把一元四角找给了那个人。

我望着外祖父慈祥的笑脸、深陷的双眼、弯曲的手指，肃然起敬。我想：我要好好向外祖父学习！

009

老爸减肥

杨梅子

　　最近，我们家出了个特大新闻，我的老爸当着家人的面郑重发誓："我要减肥！"这让我和妈妈禁不住暗自发笑，难以相信，因为这样的誓言我们已经耳闻过好几次了，这一次是不是真的呢？

　　以前，老爸总是很能吃，一顿饭要吃两三个馒头。自从发过誓后，老爸每天吃饭总是比以前少吃许多。有一天，妈妈故意逗他，做了红烧肉和红烧排骨，这可是爸爸平时最爱吃的。当热腾腾、香喷喷的红烧肉和排骨端到餐桌上时，老爸的眼都直了，狠狠地对妈妈说："你别诱惑我了！"随后笑嘻嘻地讨好妈妈说："我可以吃一点儿吗？"妈妈说："当然可以。我看你啊，是兔子尾巴长不了了！"得到妈妈的许可，老爸便狼吞虎咽地吃起来。又过了几天，老爸终于支撑不住这种自虐式的减肥方法了，又改为每天早上六点起床跑步减肥。

　　老爸这次特地买了一个闹钟，每天六点准时起床，天天如此，坚持了大约有半个月。一次，老爸一下班，就拍着他的"将军肚"高兴地对我说道："乖女儿，看！小没小？"我趴在他肚子上左看看右看看，摇了摇头。他失望地喊："你怎么敢否定我的减肥成绩呢？我已经减掉了四斤肥肉了。"那高兴劲儿像中了奖似的，但随后我看老爸减肥这根弦又松了，饭量日益见长，终于有一天老爸夜间出诊，深夜两点多才回来，早晨闹钟也没能把他叫醒，却把我叫醒了，我拼命地摇着老爸："老爸，老爸快起来跑步呀！你不是还要减肥吗？"老爸翻了个身不耐烦地喊："什么减肥，让它见鬼去吧！"

　　从此，老爸依然如故，再不提"减肥"二字。妈妈说："瞧，无志者常立志，有志者立长志，你可别学你老爸啊！"

妈妈，我想飞

张霄赫

妈妈，又是春暖花开的日子了。此时，面对着生机万物，面对着盎然春意，我想对您说："妈妈，我好想飞。"

妈妈，还记得那次我们放生的事吗？雨后的早晨，我们一起来到公园散步。在那里我捕获了一只初飞的小鸟，我轻轻抚摸着手中这快活的小生灵，心中不禁一阵阵欢喜。这时，您好像看透了我的心思，说："孩子，如果你把它囚在笼里，那将影响它的生长发育甚至生活习性。"我听了您的话，就把小鸟放生了。但您的话却深深地印在了我的脑海里。

然而，在生活中，妈妈，我难道不就是您的笼中鸟吗？一天到晚，您是那样精心地"喂养"我，毫不含糊。几年了，我记不清有多少次，您将我脱在地上的臭袜子洗净，为我削了多少次铅笔，更记不清您多少次接送已不小的我上下学，这就造成了十周岁的我仍不敢一个人在家。对您，我产生了可怕的依赖性：冷了，找妈妈；饿了，找妈妈；每每听到伙伴们谈自由王国的快乐，我也是热血沸腾，但是一回到家，见到您，我意识到我仍是您的"掌中宝"啊！

妈妈，儿子已经长大，快给我一块自由翱翔的天空，让我练一练翅膀好去飞翔。妈妈，您看小鸟虽小，但它在春天也是努力奋飞的呀，小草虽弱，但它不依赖在母亲怀里，也要顽强拱出地面的呀，因为它们知道，只有自己练好了本事，才能立足。妈妈，这对于我是一样的道理，我不能永远做一个"笼中鸟"呀。妈妈，给我一块自由的天地，让我飞吧！

妈妈的来信

张婉琦

晚上，我正在写作业，突然，我发现了窗台上有一个信封，我很好奇，走了过去，想探个究竟。我走近一看，上面写着"张婉琦收"四个大字，我还以为妈妈和我开玩笑，可是，信封鼓鼓的。我打开信封，里面真的有一封信，是妈妈给我的信。我当时很激动也很惊喜妈妈居然能给我写信。

我迫不及待地看了起来。妈妈足足写了四页，我一边看着信，一边默默地流泪。妈妈说的每一句话，都深深打动着我的心，正像妈妈说的那样，是妈妈把我一手带大，教我走路，教我说话，教我做人，教我对待别人要忍、让、谦、和，要有大海一样宽广的胸怀。学会在逆境中换角度思考，就会得到快乐！

其中，最让我感动的地方是妈妈告诉我：仅有一股冲劲儿跑不完万米远程，仅靠一股热情，攀不上理想的峰巅。只有矢志不渝，百折不挠，远大的目标才能实现。笔是开垦你智慧的耕犁，书是可攀登科学高峰的阶梯。用好你的笔，读好你的书。勤奋学习，扬起风帆，冲向理想的彼岸。

看到这儿，我的意志更加坚定了。我一定要好好学习，不辜负妈妈对我的期望。

妈妈，您把爱给了我，把世界给了我；妈妈，我多想告诉您，我懂您，我爱您！

妈妈的青春痘

顾丽雯

听说妈妈年轻时可是大学里的一朵花，皮肤又白又嫩，把爸爸迷得晕头转向。可如今，妈妈成了正宗的"黄脸婆"，这个年纪，脸上居然还有青春痘，少说也有八九个呢！唉，妈妈经常感叹，人老珠黄喽！

不过妈妈的青春痘还挺有意思的！

妈妈的痘痘如果是粉红色的，那她心里一定风平浪静、阳光灿烂。这时候，是我最安全的时候，心里也十分踏实。当然，提什么要求甚至耍一些无赖都不会有危险噢。

妈妈的痘痘如果是红中透紫，也许十分钟后，妈妈的脾气就会像火山一样爆发。妈妈脸上会乌云密布、狂风大作，我就大难临头啦！快，还是三十六计，走为上计！

妈妈的痘痘如果有些泛黄，那一定是受了委屈。跟爸爸吵架了？或是稿件被哪个报社"枪毙"了？当然，我这个正偷着乐的女儿看到母亲像花儿般枯了的神情，心就会软了，便走过去，帮着妈妈敞开心灵的窗户……

妈妈的青春痘是"晴雨表"，能表现出妈妈的喜、怒、哀、乐，也能预报一下老妈脸上何时"打雷"噢！

我爱妈妈，也喜欢妈妈的青春痘。

妈妈给我开"药方"

曹 政

妈妈是位医生，她在工作中，是位救死扶伤的好医生，在生活里，妈妈也是我们的一位好医生，常常帮我排忧解难，而且还为我建了一个病历本。

病历一：我从小就胆小，有时我买东西都不敢大声说话，在公园里，我只敢玩儿滑梯和跷跷板，比如八爪鱼、海盗船什么的甚至连碰碰都不敢。妈妈见了，便决定要培养我的胆量。再买东西的时候，妈妈就让我一个人去，渐渐地，我对买东西一点儿也不怕了。妈妈又让我一个人坐海盗船等十分刺激的游乐机器，刚开始我还大哭大闹，不肯玩儿，妈妈鼓励我，我战战兢兢地走上去。后来我发现这些看起来可怕的游戏，并不是十分的可怕，反而很好玩儿。

药方一：要相信自己的能力，做个勇敢的孩子。

病历二：我从小就依赖父母，什么事都叫父母做，妈妈见我什么事都不会做，很急。终于有一天，我发现自己在打扫卫生时，连地也扫不好，十分苦恼，便找到妈妈。从此以后，每天我自己的毛巾、袜子都是自己洗，还打扫自己的小房间，虽然学会这些很累，但至少我会做事儿了，不再是笨手笨脚的了。

药方二：不能依赖父母，自己的事自己做。

病历三：小时候，遇到不会的题目，我就只知道问妈妈，但妈妈不但不教我，还让我自己想。我还以为我是抱来的孩子呢，妈妈一点儿也不爱我，后来，我才知道，妈妈为的是让我用自己的办法来解决问题，要勤动脑。

药方三：要勤动脑，学会独立思考。

妈妈真是个好"医生"，没有一次"误诊"过我的"病"，开的"药方"看来还真是管用呀！

让 爱 飞

王堃迪

此刻，我坐在书桌前，正专心致志地折着纸鹤。听说折一千只纸鹤就可以许一个愿望，我打算折一千只纸鹤送给妈妈。望着这一盒千纸鹤，心里有一种美妙的感觉。

母亲节前夕，我和几个同学买了很多的彩纸，上面都印着一朵朵玫瑰花。我放学一回到家，做完作业，就埋头折着千纸鹤，折千纸鹤的每一步都倾注着我对妈妈的爱。一只、两只、三只……慢慢地，千纸鹤多了起来，装在盒子里，看上去五颜六色，仿佛展翅欲飞，也许这些千纸鹤是我用心折的，所以才那么有生命力。

想起我坐在公交车上，随着车子的颠簸，手里还是不停地折着千纸鹤。朋友问我在做什么？我不假思索地说："折纸鹤，送给妈妈。"朋友听了，惊讶得很，问我为什么不买一样礼物送给妈妈，何必这么辛苦。我听了，笑着摇了摇头。手里折着千纸鹤，眼前浮现的是妈妈为我做的一切：每天给我做早餐，我生病时给我无微不至的照顾，给我买新衣服，给我学习上的帮助，给我精神上的支持……无数个"给我"，汇成了妈妈对我的爱。想到这里，我发疯似的折着、折着、折着……

夜静悄悄的，我捧着装着千纸鹤的大盒子，来到妈妈床前，她睡得很熟。我把千纸鹤小心翼翼地放在妈妈床前。我真希望这些千纸鹤能"飞"起来，带着我对妈妈的爱，飞进妈妈的梦里，飞到她的心坎里。看看窗外的星星，它们调皮地眨着眼睛，哦！或许它们看见了刚才我送给妈妈的这份特殊的礼物，正在羡慕呢！

顽皮的爸爸

刘 爽

我的爸爸，不像是个三十几岁的大人，跟我一样顽皮。

有一次，我在弹《黄河大合唱》。弹到"端起土枪洋枪，挥动着大刀长矛"的时候，爸爸正在我身旁扫地，他猛地拿起扫把，用扫把当成土枪洋枪打起来，嘴里学着机枪的声音："嗒嗒——嗒！"还装作正在打仗的样子。过了好长时间，爸爸又把扫把当成"长矛"，挥动着，对我大喊："吃我一刀！嘻嘻哈哈……"这次差点儿把我从琴座上摔下来。

这不，我正在做作业。爸爸没事干，想跟我玩游戏，就催促我："快点！快点！写完作业跟我一起玩出拳！"终于，我把作业做完了，爸爸急忙拉着我在客厅里玩出拳。先由我出拳，我左手一拳右手一拳，把爸爸打得直往后退。突然，爸爸一个回手拳把我打得落花流水，爸爸高兴得一步跨三千尺！

"刘爽！快出来出拳！"哦，爸爸又催我出拳了！好，不写了！再见了，我的朋友，下次再告诉你这次的胜负！

温暖的谎话

周　瑾

孝子的真诚，让大家永远记住了田世国的名字。

母亲得了尿毒症，急需换肾。她不想连累自己的子女，就决定从医院的最高楼层跳下去，幸亏被医生发现，把她从死亡线上拽了回来。但是母亲再不换肾，就有生命危险。正处在事业顶峰、作为长子的田世国决定拿自己的肾回馈给病危的母亲，好在做妻子的也积极支持。

上午九点，手术正式开始。一个多小时过去了，田世国的左肾被取了出来，一分钟后，田世国的左肾就在母亲的体内活动了。现在，母亲的身体康复了，有时她还会念叨："是哪位好心人帮我捐的肾呢？"坐在一旁的田世国只是笑笑，因为他怕对母亲说出真相，母亲会因此内疚一辈子。

为了挑起家庭负担，虽然田世国的身体还很虚弱，但他又去工作了。在这样温暖的谎话里，母亲的生命也许依然脆弱，但是孝子的真诚已经坚如磐石。

"谁言寸草心，报得三春晖？"这是一个被追问了千年的问题。一个儿子用温暖的谎话，用身体做出了自己的回答，他把生命的一部分回报给病危的母亲。田世国，让天下所有的母亲收获慰藉。

我是一名学生，更是一个女儿，虽然我现在没有什么能力为父母做什么，做些让他们高兴的事。但是我相信，总有一天，我的父母会因我而自豪，因我而骄傲。

017

我给妈妈讲故事

李昕瑶

傍晚六点十分，劳累了一天的妈妈回到了家，刚洗了把脸，顾不上歇歇脚，就走进厨房去给我和爸爸做晚饭。

我看在眼里，疼在心上：妈妈每天多累啊！又是工作，又是家庭，她瘦弱的身躯，怎么能应付得过来啊！她心里一定有很多烦恼，很累。我这个做女儿的，该为妈妈分担一些，何不给妈妈捶捶背，讲讲故事，让她放松一下呢？嗯，就这么办，我越想越激动，小时候都是妈妈给我讲故事，今天我要给妈妈讲故事了！

一吃完饭，帮妈妈收拾好厨房，看到妈妈走进了卧室，我也悄悄溜进了妈妈的房间。妈妈站在窗前，似乎正欣赏着窗外的月色。我跳到妈妈身边，灵机一动，就给妈妈讲一个有关月亮的故事吧，而且要讲她从未听过的！

"妈妈，我给您讲个故事吧？"妈妈的脸上露出了微笑，看着我说："好啊，我的乖乖。"妈妈在床边坐了下来，我依偎在妈妈身边，开始给妈妈讲故事："故事发生在很久很久以前，有个美丽的精灵飞到了荒凉的月球……"我看了看妈妈，她朝我微笑着，我干脆坐到她身后，边给她捶背边讲故事。

这个故事很长，我足足讲了一个多小时。当我沉浸在讲故事的兴奋之中，问妈妈我讲得如何时，却没听见妈妈的回答。我抬头一看，原来妈妈已经睡着了！脸上还带着幸福的笑呢！我轻轻地，想让妈妈睡得舒服一些。爸爸不知什么时候进来了，偷偷用手机拍下了我给妈妈讲故事的情景，照片里的我眉飞色舞，妈妈露出甜甜的微笑，样子很幸福。

有个"老外"在我家

陈　瑶

"老外"，顾名思义，就是外国人的意思，看到这里，你也许在想："老外怎么会来你家呢？"别急，且听我慢慢道来。

"瑶瑶，快来吃肉啊！"瞧瞧，"标准"的老外口音。这"标准"的口音是从我妈的嘴里发出的，妈妈特爱结交朋友，社区里"五湖四海"、"天南海北"的某个角落都有她的朋友。这不，到泰兴打工的东北妹梁阿姨搬来没几天就三天两头往我家跑，为什么呢？还不是妈妈的魅力招来的，她的口头禅就是一回生，二回熟。

一天，我刚回到家，妈妈就跟我说："你外婆刚刚打来电话，说她家客人'贼'多，还准备下个月来看望咱们呢！""什么，外婆家'闹贼'还准备下个月来看望我们，快报案吧！"我故作焦急地喊起来。"唉，你这孩子瞎扯什么？我们家怎么会有贼光顾呢？"妈妈责怪我。"不是你说外婆家的'贼'多……"我故意装作迷糊地问。"喔，我说'贼'多，是很多的意思，并不是指小偷！"妈妈说完哈哈大笑起来。我也忍不住"扑哧"一声笑了起来。不过，更好笑的事还在后面呢！

一天晚上，妈妈突然心血来潮给我出了份试卷，第一题是听写词语。过了一会，我信心十足地交了考卷，没想到只得了99分。妈妈嗔怪地用指头敲了一下我的脑门，说："你怎么这么粗心，连荆棘都写错了！"哪有考这个词呀，我拿起考题一看。"哈哈，妈妈你把'荆棘'读成了'紧急'了。"妈妈顿时脸红了，便撒下一句："你自己听错了！"悄悄地回房间了。

你们说，我妈是不是个名副其实的"老外"呀！

我家的"情感银行"

汪 宁

在我出生的时候，爸妈就在家里开了一家"情感银行"。妈妈还特地制作了一个储蓄本，形状就像人民币储蓄本，币种一栏里写着"情感币"。"情感银行"就像银行户头一样，也会有存取款。

在"情感银行"里积攒着父母对我的关爱。小时候的我，晚上睡觉老爱踢被子。每天晚上，妈妈都会不时地起来为我悄悄地盖被。每次从梦中睁开蒙眬的双眼，都会看到妈妈用温暖的手摸着我的头，我感觉特别舒服。记得一个寒冷的冬夜，窗外北风呼呼地叫，我睡在床上一个劲儿地折腾，父母便不停地给我盖被，但我还是发烧了，额头滚烫。父母就坐在我的身边一直护理着我，不停地帮我换冷敷的毛巾，热了就换，不知换了多少次，后来我迷迷糊糊地睡着了，而父母一直守护在我身旁，整整守了一夜，不敢睡觉，早上醒来，我看着父母那大熊猫似的黑眼圈，心里难受极了……我知道父母对我储存的"情感币"是发自内心的，是天底下最无私的爱。

"情感银行"也记载了我成长道路上的点点滴滴。每当我对父母说了一番暖心的话，就可存入"情感币"十元；给父母捶背按摩一次，可存入"情感币"二十元；给爷爷奶奶洗一次脚，可存入"情感币"三十元……反之，对长辈不孝不敬等行为列入情感支出栏，从中让我深深地体会到了，原来大人为自己做的，自己同样也能奉献给大人，原来关心家人，自己同样也能获得存"情感币"的快乐。

今后，我一定要好好经营"情感银行"，让户头上的"存款"愈来愈多。

我征服了爸爸

姜禹彤

每当我一听到"英语"这个词，我的烦恼也就随之而来了。

暑假的一天上午，我正在家里津津有味地看课外书，爸爸非要送我去英语辅导班学习，我一听脑袋都大了。

平时，我愿意上英语课，可我就不愿意去英语辅导班。进入英语辅导班，一开始还觉得挺简单，可是后来越来越难了。老师也凑过来火上浇油，很长的一篇课文，英语老师要求必须背下来，还有英语单词听写时不许错一个，再加上老师讲的语法，保证你十天半个月都背不下来。心想：我的老师，您都先作个示范给我们看看，别只顾着"使唤"我们啊！我真是想不通。

一想到这些，每到上英语辅导班时我就装头疼懒得去。爸爸说："快走吧！等上完课我带你去吃麦当劳。"现在对我来说，什么诱惑都不管用了，您要是有时间就自己去吃吧！

"哼！什么麦当劳、肯德基……用这些东西就能哄我去学英语？妄想！"我没好气地说。

爸爸，您为什么这么不理解我呢？我的头脑一直是清醒的，您是不是头脑发热啊！

您叫我学的英语，老师在平时的课堂上已经讲得很清楚了，没必要再浪费时间让我去"重复昨天的故事"，难道您还嫌我受的苦少吗？我的英语在课堂上学得并不差，您非逼着我去参加英语辅导班。假期学校留的作业就已经够多的了，您还给我报了这么多的课外辅导班，非把我压垮了不可。

僵持了好半天，爸爸的劝说没有一点儿效果。今天，我终于逃了一堂课，那感觉真是轻松，比吃肯德基、麦当劳的滋味好多了。

家有小女叫梦娇

谢梦娇

小女梦娇，1998年6月2日落地，与儿童节差了一天，这是她最为懊恼的一件事，没有办法，就算是我欠她的。

自从她能够开口说话，我的耳边就从来没有清静过，除非是她在嚼着美食。但是闹归闹，如果是闲了一会儿，我总会觉得闷得发慌。如果真要来评价梦娇的话，还得慢慢说。

她经常问东问西，我呢，竭尽所能，尽量满足她提出的要求。记得有一次，在外面游玩的时候，她盯着天上的飞机问我："爸爸，这么重的飞机怎么不掉下来呢？"我被她问得一愣。所幸的是我还知晓一点这方面的知识。我就给她粗略地讲解了空气动力方面的知识，并且告诉她，只有在认真地学好了知识以后，她才能够解决更多的问题，她这才停止了继续发问。自从那时开始，我发现她手中多了一本《十万个为什么》。她求知欲望的提升，呵呵，也在无形中给我增加了压力。

打那以后，我经常带她到新华书店淘"金"，顺便也给我自己充电。

梦娇在很小的时候就是一个爱干净的小女孩，到了现在也是如此。同时她也是一个很会体谅大人的小孩，平时在空余的时间里，经常帮助大人做一些力所能及的小事。

但是，她也有一些缺点，例如：她在遇到难题时，不讲方法，所以浪费了很多宝贵的时间。还有，她在吃饭时总是凭喜好，换句话来说也就是"看菜吃饭"，这些都希望她能改过来。

总之，这个小女孩还是蛮讨人喜欢的，是一个乖乖小女生。

因为爱着，所以记得

严明哲

妈妈有个特别的习惯，在春夏更替时会把一家人的衣服分门别类地叠好。要到五月份了，她照例开始收拾衣物。

"你看，明哲，这儿有好多条手帕！"妈妈兴奋地说。"手帕？"我喃喃道，心底竟泛出一丝交织着陌生的温暖。我放下书，走到妈妈身旁。她正在仔细地折着每一条手帕。"你看，这块儿白色的是你两三岁时的……还有这块粉红色的，是你上小学时买的……"妈妈在自言自语地说着，完完全全陶醉在幸福的回忆中。我不敢吱声，只是在静静地听，我无法和妈妈搭话——因为我什么也记不得了。为什么母亲如此细心地收藏着过往，如数家珍般道出我儿时生活的点滴。她不是常常抱怨人老了、记性坏了吗？

我承认，我是彻底地将手帕的故事抛在了记忆的角落，现在取而代之的是一种纸巾，薄如纱、白若雪、香似花。流汗时，取出一张，轻轻一擦，质感很好，且还有一阵隐约的香气，然后随手扔掉，多方便。我们这一代，思想上很容易接受新的东西，也很轻易地会忘记一些什么。而母亲则不同，她是岁月的收藏者，永远走在我们的身后，悄无声息地拾起我遗漏的心情和初始的纯真。

我感到眼中有些潮湿，低着头，轻声问："妈，你怎么还记得这么多呢？"母亲沉默了一会儿，才回答："怎么会不记得呢？"她又像是在自言自语，我的泪潸然落下。是啊，怎么会不记得呢？因为爱着，所以记得！

023

第一部分　爱我你就抱抱我

用心圈出一块爱的领地

胡佳敏

喜欢蔚蓝的天空，喜欢清清的小河，喜欢广阔的田野，喜欢绿色的森林，更喜欢父母无私的怀抱。

闭上眼睛，用心圈出一块爱的领地，一份属于父母亲情的领地。俗话说人留不住岁月，时间总是悄悄流逝，同样亲情也不容你用任何方法、方式去保留，但它们很有意思，它们是爱的灵魂，是情的召唤，所以它不会因岁月而流逝一点一滴，淡忘一丝一缕，反而愈久愈浓。

感悟亲情，用的是心灵的密码，亲情是破解密码的数字。没有亲情的关怀，那就只能拥有枯燥的灵魂、封闭的心灵。

当我在夜里复习功课，从母亲手中接过一杯茶、一杯热咖啡时；当大雨倾盆，一个人坐在教室里发呆，从父亲冰冷潮湿的手中接过一件温暖的雨衣时；当在晚饭桌上，父母从盘中夹过来最好吃的菜时，我感悟到了亲情，是那么真切。

当我递给刚做完活已汗流浃背的父亲一块毛巾，看到父亲嘴角露出的微笑时；当我给坐在冰冷的椅子上孤独地织着毛衣的母亲一声亲切的问候时；当父母想了解我的学习成绩，我递上一张令人满意的成绩单时……我也给了父母同样的回报，我又感悟到了亲情，是那么欣慰。

亲情无形，心有形，就用心去圈出一块爱的领地！

第二部分

越长大越勇敢

原来，"胆小鬼"就藏在每个人的心中，你越怕，它越嚣张。从那以后，我驱走了"胆小鬼"，决心做一个真正的神气的男孩子。

——郑晓庭《胆小鬼的故事》

"小"了"大"了，
"大"了"小"了

徐小青

看到这古怪的题目，你是否有那么一丝好奇呢？那就听我说——

我"小"了

暑假里，我在大姑妈家度假。我在玩耍中意外地发现姐姐的小背包多得不得了，粗略估计了一下，就有二十多个！天哪，我差点晕过去！我羡慕极了！连忙跑出房间对妈妈开了"炮"："妈，大姐的小包包有二十多个，我顶多也才有五个，而且个个都破了。妈，你也给我买个小包包！一定要买哦！"我拉着妈妈的衣襟一个劲儿地撒娇。妈妈的头摇得像拨浪鼓："不行，你姐是大姑娘，你呀，还是小孩子，要简朴。"哎，于是我就盼望长大。

我"大"了

吃完饭，妈妈让我收拾碗筷。我的手背在身后，对妈妈理直气壮地说："做家务，多麻烦呀，我还要看电视。"妈妈指着我的头顶说："你已经大了，要做个勤劳的孩子！"说完，生气地盯着我。我只好乖乖地跑到厨房，但端着碗碟，心里却一直纳闷——前几天我还小，怎么一下子就大了呀？

我又"小"了

　　星期六，同学约我去新华书店买书。我回家去向老妈请示："妈，我和同学想去新华书店，行吗？"妈妈认真地说："不行，你还小，去新华书店，一个不小心被车碰了怎么办？啧啧啧……太不安全了，不行！"我瞪大了眼睛："咦，我怎么又小了，我又没搭时光列车。"

　　我"小"了，又"大"了，又"小"了……什么时候，我才能真正长大呢？

第二部分　越长大越勇敢

我的绝活儿——做蛋炒饭

蔡嘉豪

你喜欢吃蛋炒饭吗？我不但喜欢吃，而且自己也会做。可是每当想起自己初学做蛋炒饭的情景就忍不住笑出来。

那是去年春节前夕，妈妈说要做蛋炒饭，这下我可来劲儿了，我对妈妈说："妈妈我也要做，我也要做……"妈妈听了不同意，我再三央求，妈妈才答应。

我站在一边仔细地看着。看妈妈炒了一碗，觉得很简单，并不像别人说的那样难。于是，我自己也开始学习炒。我先放油、炒饭加蛋，放调料，由于没注意火候，一个劲儿地炒，没想到不但把蛋炒饭炒得又焦又咸，手还被烫了一下。唉！刚才的高兴劲儿早已飞到九霄云外去了。真是，看似容易做时难。

妈妈见我这副狼狈相，说："煤气灶的火焰不能太旺，手抓铲刀柄要捏在后端一些，这样就不会被烫着了……"俗话说"吃一堑，长一智"，这回我按照妈妈的旨意又重新认真地炒了起来，我把两个鸡蛋打开，搅拌均匀，放进调料、食油，把饭炒得滋滋响。再加上葱花，在锅里轻轻翻颠了几下……我终于炒出了一碗合格的蛋炒饭，一尝，还正是美味可口，我高兴地跳起来说："我的蛋炒饭成功了，我成功了！"我津津有味地吃着自己做的蛋炒饭，心里那高兴劲儿，就甭提了！

真没想到，我居然把蛋炒饭炒到了市里。金秋十月，市里组织全市小学生"小巧手大比武"，在学校辅导老师的进一步指导下，我代表学校参加了市里的比赛，嘿，我的拿手绝活儿——做蛋炒饭还得了个第一名。今后我准备在学好文化知识的同时，业余时间多学些厨艺，争取当一名高级烹饪师。

成长的代价

林　可

　　夜深了，忙碌了一天的人们早已进入香甜的梦乡。突然，我鬼哭狼嚎般地尖叫起来："妈妈！妈妈呀！"

　　尖叫声惊醒了熟睡的妈妈，她像一位英勇的消防战士接到火警电话一样，一下子出现在我床前。"哈哈……"看到我那狼狈相，她忍不住大笑起来，"儿子啊！你是半夜起来偷吃西红柿呢？还是变成吸血蝙蝠了？哈哈哈，笑得我肚子都痛了。"

　　"拜托，那可不是西红柿汁，那是从我嘴里流出来的，货真价实的鲜血啊！"我一边埋怨着老妈，一边下意识地用舌头舔了舔牙齿，"哇！救命啊！不见啦！糟啦——""怎么啦？"老妈被我那惊恐的眼神吓住了，急忙凑近前来问我。

　　"牙齿，牙齿，哇！牙齿不见了！"

　　牙齿，就是我那颗摇摇欲坠的乳牙。妈妈却笑眯眯地说："这个牙齿掉了之后，还会长出新的牙齿，这说明啊，你正在成长呢！"

　　看在能够"长大"的份上，我的心安稳了不少。可是我又舍不得扔掉陪了我好几年的小乳牙，于是我扑在那被我的血染红的枕头、被子和床单上，翻天覆地地找了起来……

　　"别找了，牙齿躲在你头发上啦。"在一旁发呆的老妈终于开口了。我赶忙从鸟窝般的头发上把这颗"逃兵"揪下来："哈哈！逃不了吧！被我逮着了，你就别想溜了！"我得意扬扬地对着牙齿说。

　　"别磨蹭啦，赶快去洗脸睡觉吧！哦，顺便把衣服换了。"

　　"遵命！母亲大人。"嘻，我一溜烟钻入了浴室，只听见老妈沮丧地念叨着："我的老天啊，这一大堆东西得洗到什么时候？"

　　哈，这个晚上真是惊险有趣呀！

029

第二部分　越长大越勇敢

试着勇敢一点儿

王毓媛

当你看到一个人颤抖地站在讲台上，结结巴巴地演讲那篇并不太精彩的文章时，请不要见怪，那就是我，一个怯场的人，一个从来不敢展示自己才华的人。

今天，老师让我们举行一次别开生面的演讲比赛。我十分害怕，怕一个人站在讲台上，怕演讲得不好被别人耻笑，怕让老师失望，怕……那么多压力压在我的心上。但当一些不喜欢发言的同学都上了台，当他们赢得了一阵阵热烈的掌声和一些敬佩的目光时，当那一篇篇美妙绝伦的演讲稿深深地触动心灵时，我也在不知不觉中有了一种走上讲台的欲望。当我极力克服着自己的恐惧，勇敢地向讲台跨出第一步的时候，我明白，这便注定了我必须去面对我所做的一切。

我虽然害怕得双腿直发抖，但还是走上了讲台。在那一刻，那短短的一刻，一切都在自己的眼下，一切似乎都不重要了。我觉得自己仿佛是天空中的一只雄鹰，是所有人目光的焦点，那种感觉是我从来没有的。我激动得甚至忘记了原本背得很熟的演讲稿……也许我的声音并不好听，也许我的语调并不激昂，也许我的演讲稿也不精彩，但我觉得自己还是成功了。因为，我将自己的心理障碍克服了，成功地跨出了人生的重要一步。

当我演讲完了的时候，有一股热血涌遍了我的全身，有一种快乐在我的内心中回荡，这时我才真正地体会到它的价值与可贵。正如纪德说的，没有勇气航行到看不见海岸的地方，就不可能发现新大陆。不是吗？

尝 花 粉

陈　群

童年时代的我天真烂漫、活泼好动，别人说什么，我就想干什么，做出了许多的"荒唐"事。至今还有一件充满稚气、令人发笑的趣事，时常浮现在我的脑海里，成为我对童年的美好回忆。

那一天，姐姐读书读道："蜜蜂采集花粉后，就用花粉酿出甜甜的蜜来……"我听后，顿时垂涎三尺，心想：原来花粉是甜的呀，怪不得蜜蜂都叮在花上呢！于是，我就天天盼着能亲口尝尝花粉的味道。

终于有一天中午，我看到邻居家水池旁的月季花正在盛开。我趁着四周没人，飞快地跑到水池边。几朵粉红色的月季花既大又香，这么香的月季花一定很甜很甜，我美美地想着。于是，我把手迅速伸向那朵最大的月季花，以最快的速度摘下来跑回了家。看着手中的花，我的心里涌起一股说不出的高兴。然后，我张大嘴狠狠地咬了一口。"哎哟！"我叫了起来。这是什么味呀？根本不是我想象中的甜蜜，而是苦涩的。我赶紧吐掉嘴里的花粉。

妈妈看我一脸苦样，急忙问我："怎么了？"我顾不上回答，先跑去漱了口。然后，我带着哭腔叫起来："骗人的，骗人的！""什么骗人的？""姐姐的书上说蜜蜂采的花粉是甜的，可我吃的花粉是苦的！"妈妈一听，立即捧腹大笑："傻孩子，你真傻，花粉怎么会是甜的呢？它要经过蜜蜂复杂的劳动，才能酿出甜甜的蜜来呀！"我听了，似懂非懂地点了点头。

至今，想起这件事，还会使我大笑好一阵子呢。它使我明白，对于别人说的话、做的事，我们要学会分析、思考啊。

031

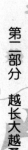

胆小鬼的故事

郑晓庭

人人都说我是胆小鬼。的确，我什么都怕。在家里，我怕老鼠，怕停电，我还怕看爸爸瞪眼睛，怕听妈妈唠叨。在学校，我怕老师训斥，怕叫家长到学校，怕作业做不完。

我的同伴说：谁不怕这些呀？有什么大惊小怪的。可是羞于启齿的是，我怕拍照，不会做表情好尴尬，我还怕别人叫我的外号，缺点会放大一百倍。"怕"字就像蜗牛身上重重的壳儿，沉甸甸地压在背上，想走也走不动，只能慢慢爬行。是不是觉得不可思议呢？眼看要放暑假了，爸爸妈妈决定让我到乡下爷爷家锻炼锻炼，做个真正的男孩子。

有一天，我自己一个人到处玩。乡下的午后真美呀，这景色让我流连忘返，我一个人在田野里越走越远。天色暗下来了，我才想起要回去。田野上四周不见人影，猛然间，我发现一个男人跟着我，顿时吓得毛骨悚然。这时，我记起奶奶的话："如果你一个人走在僻静的路上，发现身后有人跟着，就要想办法走到他身后，而不要走在他前面。"我飞快地跑进小树林，可小树林里的树木都不太高。我急中生智，迅速找个干树坑，就地卧倒。心里还吓得扑通扑通直跳。

那个男人没发现我，沿着小树林边走了。等他走远了，我这才继续上路。想到自己的机智，我有点喜不自禁，自然也没那么害怕了。

可我很快发现，那个男人却越走越快，后来竟跑了起来。等我走到村口，看到很多乡亲聚在一块儿议论。大伙儿一看是我，更奇怪了："你怎么把个大男人吓成那样！他跑回来告诉我们，说一路上有个怪家伙一直拎着根大棒子，撵在屁股后面打他，把他吓得半死。"我几乎笑弯了腰。

原来，"胆小鬼"就藏在每个人的心中，你越怕，它越嚣张。从那以后，我驱走了"胆小鬼"，决心做一个真正的神气的男孩子。

啊，十二岁了

夏 灵

当我在祝福声中用劲儿吹熄十二根生日蜡烛时，不禁心潮起伏。啊，十二岁了，我已是一个朝气蓬勃的少年啦！

十二年，我无忧无虑地走过来。还不会走路的时候，即使在盛夏炎热的日子里，我也总是咿呀着去屋外。奶奶是会顺我心的，所以，小时候我常常在奶奶摇晃着的背上入睡。梅雨季节，"桃花流水鳜鱼肥"。一次，我跟着外公来到了流水哗哗的田沟边抓鱼，看见鱼儿，我伸手就抓，"扑通"一声就摔到了沟底，外公顾不得手中的渔具，跳跃着赶过来把我抱起，急得脸色都白了，可我却在嘿嘿地笑。

十二岁，我懵懵懂懂地走过来。我曾把村上一位老婆婆刚刚种下的丝瓜秧全都拔起来，嘴里还念念有词，"拔苗助长，拔苗助长。"第二天，这位慈祥的老婆婆哭笑不得，连声骂着"小赤佬、小赤佬……"

十二年一路走来，难忘的是天真和快乐，难忘的是村上乡亲们的宽厚和仁爱。

十二岁了，我认识了华罗庚、爱迪生……我在知识的海洋里遨游。当然，我还有许多骄傲。我知道了自己的事该自己做，我已不再"饭来张口，衣来伸手"。我懂得了孝敬老人，我会把肥肥的鸡腿夹进奶奶的饭碗里；我会陪着爷爷去呼吸田野里的新鲜空气；我会帮累了一天的妈妈按摩捶背。我也不再懦弱，擦伤了手，我咬咬牙，心里说"男儿有泪不轻弹"。

啊，十二岁，多么美好。我望着袅袅散去的五彩烛烟，真想大吼一声："十二岁了，我长大了！"

战"痘"青春

陈诗仪

我是个爱美的女孩，今年已经十四岁了，进入了青春期，讨厌的痘痘也无情地爬到了我的脸上。不知道是不是我的皮肤太有吸引力了？

前几天，痘痘还在我的额头上，没有影响我的形象，可是后来几天，它们像火山爆发一样冲上我可爱的脸蛋儿，一颗颗小红点，在我脸上耀武扬威，气得我天天对着镜子狠狠地捏它们、挤它们。可它们依然咧着嘴对我傻笑，似乎对我说："哎，别费神了，你赶不跑我们的。"

怎么办？我想多洗几次脸，可能会赶跑它们吧？于是洗面奶也冲锋上阵了，一天除了早晚对它们狂轰滥炸外，有空我就用水不断往脸上泼，希望能让痘痘消失得无影无踪，可这些痘痘们仍然尽职尽责，坚守岗位，一点儿都没有下岗的迹象。我听说少吃高热量的食物可以消灭痘痘，我便开始"绝食"——坚决不吃高热量的食物。吃饭时，只挑一些青菜填充我的肚子，让我体内的叶绿素与痘痘相抵消，几天下来，我脸色蜡黄了许多，整个人也无精打采的。而每次经过零食店一包包葵花籽向我频频招手，一颗颗棒棒糖向我不断抛媚眼，我的口水"飞流直下三千尺"。可是我摸摸脸上的小痘痘，只好咽了咽口水，让这三千尺的瀑布倒流回去吧。

后来，我在网上看到，青春痘的产生与吃什么东西、洗几次脸没有多大关系，并且有百分之九十的青少年会长青春痘。从那以后我再也不理睬痘痘了，让它自生自灭吧。同时还自我安慰一下：有青春痘才青春嘛！

青春滋味，自己体会。

034

你是一个坚强的孩子

孙 青

　　九岁那年，我因一场飞来横祸，要做一次手术。在我幼小的心灵里，"手术"这个词是多么恐怖呀！想到那闪闪发亮的手术刀一刀见血地剖开我的皮肉，我害怕得捏紧了拳头。这时，一句亲切而又坚定的话语传进了我的耳朵："你是一个坚强的孩子！"我抬起头，看到了慈祥的妈妈，她的目光是那样温和，笑容是那样温暖，此时此刻，我的心里只有一句话："对，我是一个坚强的孩子！"

　　走进恐怖的手术室，躺在决定人是否能继续活下去的手术台上，我的身子在不停地发抖。我闭上眼睛，仿佛看见手术刀正一步一步地向我逼近，我的心嘣嘣地狂跳……此时，医生开始给我注射麻醉剂，不一会儿我就睡着了。梦里妈妈正用温暖的双手抚摸着我的头，说："妈妈相信你是一个坚强的孩子！"我点点头，抿着嘴唇，平静地把头歪向一边，静候医生给我手术……疼痛把我从梦中惊醒，原来手术结束了，麻醉药的药效已过。

035

　　此时我已被推回病房，妈妈关切地问："疼吗？"我不想让妈妈为我担心，就忍痛摇了摇头，轻声说："妈，你不是说过我是一个坚强的孩子吗？"妈妈看着我苍白的脸，泪珠止不住地滚出了眼眶，她握着我的手，用颤抖的声音说："孩子，你受苦了！妈妈没说错，你确实是一个坚强的孩子。"

　　"你是一个坚强的孩子！"这句刻骨铭心的话让我真正地坚强起来，从此我再也没有在困难和挫折面前低过头。现在我是一个坚强的孩子，将来我将是一个坚强的大人。

苹果教会了我谦让

蔡小希

从小到大，我吃过无数苹果，但有一次至今让我回味无穷。

那是我和娟娟到张老师家补习功课。上完课，老师端出一盘苹果让我俩吃。其中一个苹果又大又红，我一见就暗暗吞口水。老师问："你们谁想吃这个最大最红的苹果？""我！"娟娟抢着回答。"真笨，老师在考验我俩谁有'孔融让梨'的精神呢！"我暗想。为了得到老师的表扬，我说："老师，我不喜欢吃大红苹果，让娟娟吃吧！"老师高兴地说："小希你懂得谦让，很好！所以，这个苹果奖给你。"

036

我接过苹果飞快地跑回家，对妈妈说："妈妈，老师夸我懂得谦让，奖给我一个大苹果。"我兴奋地说了娟娟如何笨，我如何聪明地得到这个苹果，并请妈妈品尝我的奖品，不料妈妈把脸一沉，说："女儿，我是不吃你这个苹果的。你已迷失了自己！"我不解地看着妈妈。妈妈接着说："为得到表扬而谦让，这不是美德。谦让是发自内心的、真心实意的，而不是有所贪图的，否则，就是违心说假话。你就是说假话骗取老师的表扬和奖励的。而说假话是不该受到表扬和奖励的！"我点点头，说："妈妈，我知道该怎么做了。"说完，我转身跑出家门……

从那以后，当弟弟妹妹要我的玩具时，我会让给他们，看他们玩得高兴，我也高兴。当走在一条窄巷中时，我会主动侧身让对面的人先过，过去的人冲我一笑，他笑得灿烂，我很开心。在汽车上，我会主动让座位给老人和比我小的小朋友，当他们说"谢谢"我说"不用谢"时，我心里甜甜的……

套圈·圈套

陈启明

那天我去庙会玩，刚到那儿我就被一大堆人吸引住了。我钻进去一看，啊，原来是在套圈。只见一个跟我一般大的男孩，他用一元钱套住了好多东西。看着他乐呵呵地拿着自己的"战利品"离开，我也忍不住了，一心只想着四驱车、步枪。

我一下子掏出两元钱，买了二十个圈儿。我野心勃勃地开始抛出圈儿，可我的圈儿一碰到它们，就往回跳，二十个圈儿很快就套完了，一个"礼品"也没捞着。难道我没瞄准？我不甘心，又掏出两元钱，这一次我的运气不错，你看，我的圈把那辆四驱车套了一半儿。太好了！我忙上前去取"战利品"，摊主却拦住了我，不紧不慢地说："你只套住了一半儿，要全套住才行。"正当我泄气的时候，刚才那个小孩子又来了，这一次他套住的东西比上次还要多。我想，他怎么就那么棒呢？不行，我得再试试！"坚持就是胜利！"我一边鼓励自己，一边掏出仅剩的一元钱。

这一次，还是外甥打灯笼——照旧（舅）。我拖着沉重的步伐回到家，忍不住把这件事告诉了爸爸。爸爸沉思了一会儿，说道："那圈儿一方面有弹性，碰到硬的东西会反弹回去，另一方面圈儿很小，你当然套不中四驱车了。""那小孩子怎么会套着呢？"我不解地问道。"你回想一下，他套中的肯定都是身材小的小玩具，是不是？傻孩子，那小孩和摊主串通好了！他呀，就是托儿。"爸爸耐心地说。

听了爸爸的话，我又想起庙会收摊时，怪不得摊主和那个小孩有说有笑的，我这才茅塞顿开。从那以后，我再也没有去套圈儿，因为那是圈套。我也学会了不能光看表面，要动脑筋好好想一想后面隐藏着什么的道理。

喔，我当班长了

杜家骏

这学期，一向好动的我终于得到了同学们的信任，推选我担任"预备班长"。我高兴得嘴都合不拢了，用妈妈的话说吧，嘴快歪到耳朵了。

好！新官上任三把火，我可得抓住机会锻炼锻炼自己了。

"叮铃铃"，上课铃响了，老师还没来，教室里闹哄哄的。我气坏了，"嘣嘣嘣"跑到讲台前面，学着老师的样子，拍了拍手，大声喊："安静！"可下面的人谁也不理我。怎么办？我转了转眼珠。有了！"同学们，如果你是老师，看到你的学生这么吵，你会怎么想呢？"我故作思考的样子。真怪，教室里马上一片肃静了，同学们乖乖地看起了书。让大家换位思考真有效！这一招可是老爸教我的。老师进了教室，看到大家安静地上自习，满意地笑了。我的心里甜滋滋的。

尝到了喜悦，也来说点苦的。当班长还有一件差事——在黑板上写课程表。第一天写课程表，区区二十来个字，足足用了我半个多小时，写了又擦，擦了又写，歪歪扭扭总是写不好，新穿的衣服上也洒了一身粉笔灰。这时，我真正体会到当老师的艰辛了。

当班长真不容易呀！但我也从中收获到了很多很多。真希望我这个"预备班长"能成为名副其实的"班长"。

劳动也可以这么甜……

蒋　静

　　从我记事起，一直衣来伸手、饭来张口。渐渐长大了，我越来越深刻地感受到了自己动手做事情的重要性！

　　于是，我瞒着父母，雄赳赳，气昂昂，扛着锄头，准备亲自动手种些花生。当一大片荒芜的土地展现在面前时，我愣住了，不由得想起"杂草丛生"这个成语，真想调头就走，可是"不到黄河不回头"的激情却突然让我有了一股不服输的劲头。

　　"干！"头一甩，手一挥，一把锄头抡起来。

　　好不容易，开垦了一小块地，仔细地打量了一下，颇为满意。抬抬手臂，又酸又麻，可心里乐滋滋的——哦，这就是劳动的滋味！再像爷爷那样，把每个土疙瘩都敲碎，用手仔细地捏过，当细细的土沙柔柔地沾在手上，或从手上轻轻地滑过时，我暗想这时的感情就是那"仰手接飞猱，俯身散马蹄"的射手对良弓的感情了！

　　把整块地细心地整理过，我望着面前的土地，手里抓着一把花生仁，不禁唱起："在希望的田野上，我撒下了心灵的种子……"此时，抬头仰望苍穹，天蔚蓝、云轻飘飘的，鸟儿清脆地鸣叫着，周围的一切是那么亲切平和，这是在任何地方都领略不到的风情，是自然之美，劳动之美！

　　一转眼，就是花生收获的季节了。我提着篮子，歌声悠扬地走在地里，不时从土中刨出一颗颗花生。噢！这些可爱的小生命，粒粒饱满，洁白晶莹，透着诱人的色泽——劳动创造的结晶，真美好！

　　原来劳动也可以这么甜！

039

第二部分　越长大越勇敢

我独自完成了作业

暮 春

看了题目你一定在想，独自完成作业有什么了不起，作业不就应该是独立完成吗？可是我的情况却有些不同。以前都是爸爸妈妈帮助我听写词语和检查课文朗读，现在，爸爸妈妈都调到外地工作了。家里只剩下我和姥姥，姥姥识字不多，这下我可犯了难，谁帮我听写词语和检查课文的朗读呢？

突然，我眼前一亮，看见了写字台上的录音机，对！就让它帮我吧。

我急忙插上电源，放入空白磁带，拿起话筒按下录音键，便读了起来：陶醉——曲谱——粗糙……我这一手怎么样呢？检查一下，按下放音键，我那尖尖的声音放出来了，逗得我直笑，我拿起纸和笔跟着写起来。可是由于放音的速度太快，还没等我写完第一个词语，马上就该写第二个了，弄得我手忙脚乱的。只得写完一个词语按一下暂停键，写完再打开……

这次听写搞得我晕头转向。哎！都怪我经验不足啊！不过我不灰心。我又一次打开录音机，把语速减慢了，读完一个词语间隔一会儿再读下一个，录完一试，还真灵。我刚好把第一个词语写完，第二个词语便开始了。"我成功了！"我兴奋地叫了起来。它比爸爸妈妈听写的效果还好呢！以后，无论是听写词语还是朗读课文，我都不犯难了。

每当我听到录音机里传出自己的声音时，心里可高兴了。是它帮我克服了学习上的困难，也是我一次成功的尝试，直到现在我还用着这种听写、朗读的方法呢！你说我是不是很了不起呢？

小花们是怎么活动的

李世萍

晌午，炎炎烈日炙烤着大地，我做完作业来到田头叫正蹲着埋头捡豆子的爷爷回家吃饭。

那太阳真够热的，晒得我的手臂都有点痛了。"爷爷，大伯那天给你豆子，你不要，可现在偏偏顶着日头自己捡，真是个笨爷爷！"我故意装着没好气地对爷爷说。

"哈哈哈……"爷爷笑得上气不接下气，好容易忍住了笑，指着我的鼻子说，"好家伙，小孩子倒学着教训人来了。你这个小笨蛋，辛苦得来的结果，才是有——价——值——的！"说完两手像鸡啄米一样，捡得更快。

和爷爷捡完了豆子，我蹑手蹑脚地走到爷爷身后，附在他的耳边说："笨爷爷，呵呵。"爷爷听了却说："萍萍，你看那朵小花。你看看小花是怎么活动的。"咦？这和小花们是怎么活动的有什么关系呢？

傍晚，我又去找爷爷玩，他看见我说："萍萍，小花们是怎么活动的？"我说："我不知道。""那我们来收稻子，"爷爷说，"你牵住袋口，我来灌。""抓好喽，别抓滑了。"我直点头。

稻子刚倒进袋子，一股浓浓的灰尘直扑鼻子，我呛得把头扭在一边，爷爷却像没事似的。我说："呛死人了！爷爷不呛啊？"爷爷说："我是大人，当然不呛。"爷爷动作敏捷，活像一个年轻的小伙子。说话间，一个人把一袋稻子装好了。我说："爷爷劳动起来一点儿都不怕累，你真棒！"爷爷说："你别忙着表扬我，看看小花们是怎么活动的。"

爷爷真逗，这和小花们是怎么活动的有什么关系呢？肯定小花们也像爷爷一样不怕辛苦，要不，为什么笑得那么欢？

041

第二部分 越长大越勇敢

"摸耳朵"的秘密

刘配金

今天，妈妈做饭不小心被热锅烫了一下，被烫的那只手马上摸了摸耳朵。我问妈妈为什么这样做？妈妈说这是小时候姥姥教她的，至于为什么，她也不知道。爱刨根问底的我决心找出答案，弄明白它。

我搬出厚厚的《生活中的十万个为什么》、《家庭日用大全》……一本本沿目录仔细地查找起来，没有查到。我并不灰心，又查找体温的有关章节，还是没找到。到底是什么原因呢？直到妈妈叫我吃饭了，我也没想出来。

稀饭太热，我放下碗，下意识地摸了摸耳朵，感觉凉凉的。嘿！我豁然开朗，当手被烫伤以后，总想尽早触摸冰凉的物体，使它降温。在附近没有现成降温材料的情况下，无论身体的哪个部位，只要比那个温度低，摸上去都会给人以凉丝丝舒服的感觉。而这样的地方都是身体的边缘部位，如耳朵等。于是人们就在生活中总结出了"摸耳朵"的经验。我赶紧对妈妈一说，妈妈直夸我聪明。

真长见识，原以为摸过热东西再摸耳朵是坏毛病的我，懂得了一个道理：可不要小瞧大人们平时的一些生活习惯，很多习惯都是在知识的基础上形成的，蕴涵着一定的道理。

躲在棉被里的冰棍儿

邹晓鹏

那天，我和爸爸、妈妈在乡下姨妈家做客，吃过午饭，姨妈带我到路口去买冰棍。

"来根绿豆棒冰！"我一见卖冰棍的叔叔就说。只见，那个叔叔打开了箱子盖，里面竟然有条被子？冰棍儿在哪儿？我好奇极了，眼睛直直地盯着箱子。叔叔一手掀开被子的一角，呀，一股凉气扑面而来，定眼一看，呵，冰棍儿宝宝们正整齐地躺在被子里，睡得正香呢！"拿好，别掉了！"叔叔热情地说道。我接过冰棍儿，目光却久久地盯着那条被子，只见叔叔又重新把被子盖在了冰棍儿上……

"这么热的天，冰棍躲在被子里怎么不融化呢？"一个问号又萦绕我的脑际。一到姨妈家，我就向我的"万事通"爸爸请教，爸爸笑着说："因为棉被是不会发热的，只会保温。冬天棉被能保持人体的热量，夏天冰棍儿盖棉被，又可保持冰棍儿的凉气，使冰棍儿不易化掉……"噢，真的这样吗？

为了证实爸爸的话，一回到家，我就找来一条早已"下岗"的旧棉被，接着打开冰箱，拿出两根冰棍儿。我把其中一根放在碗里，另外一根用旧棉被严严实实地包裹起来。实验正式开始了……

放在碗里的冰棍儿在热空气的作用下，迅速"瘦身"，没过多久就变成了一个"小不点儿"棉被里冰棍儿怎么样了呢？我轻轻地打开棉被，用手一摸，里面凉凉的，再一瞧，虽然没有刚从冰箱里拿出来时冻得那么结实了，可还算完好呀！

耶——实验成功！真如爸爸所说，棉被不但能保暖，还具有保凉的本领，难怪那个卖冰棍儿的叔叔要把冰棍儿藏在棉被里呢！

"聪明蛋"和"小笨蛋"

郭 峰

一天放学回家，我肚子饿得咕咕叫，就叫妈妈给我煮个鸡蛋吃。

当我看到鸡蛋出锅时，恨不得一口就吞下它。可我刚把鸡蛋拿到手里，却只能迅速放下，我的手已被鸡蛋烫得通红，真是"心急吃不了热豆腐"。看着被我放在桌子上摇晃不定的鸡蛋，顿生一念：让它多转几下不就冷得快点了。于是用手指带动鸡蛋一转，一名优秀的花样滑冰运动员诞生了！看，它的水平真高，一下子转了四十多秒。

不对呀，我原先转过的生鸡蛋没有坚持这么长时间啊？我赶紧拿了一个生鸡蛋在桌上转起来，呵，好像一只笨重的天鹅在跳芭蕾，没有表演几个动作就摔倒了，真是一个"小笨蛋"！

"这是为什么呢？"第二天，我带着两个"糊涂蛋"请教科学老师。

"这是惯性在发挥作用。因为生鸡蛋蛋壳内的蛋黄和蛋清是液态的，外力作用在蛋壳上旋转时，蛋黄和蛋清由于惯性，继续保持静止状态，它们与蛋壳还存在摩擦阻力作用，因此整个生鸡蛋只能缓慢转动。熟鸡蛋就不同了，它里面的蛋黄和蛋清已凝固，与外壳成为一个整体，当外力作用使之旋转时，整个鸡蛋就能迅速地转动且能持续较长的时间。如果把这两个转动的鸡蛋，同时抓住再放开的话，熟鸡蛋会停下，而生鸡蛋却会重新转起来，它也有不笨的时候。""这又是为什么呢？"老师沉默不语，他说其中的道理留着我去继续探究。

小小的两个鸡蛋，却包含了这么大的学问。我们的生活真是学习的大课堂。我们应该赶快行动起来，做个有心人，关心自己的生活，那就会天天有惊奇，分分有收获。

美得冒泡的水草

孟国栋

　　真好，爸爸买来一个崭新漂亮的鱼缸，把它放在客厅的装饰柜上。鱼缸吸引了许多参观者的目光。爸爸走进屋子里，我高兴地拿来网兜把小金鱼小心地舀入玻璃缸中，只见这些小金鱼欢快地扭着身子，争先恐后地滑入水中，自由自在地嬉戏着，不时吐出一个个水泡。

　　过了几天，在写观察日记时，我好奇地蹲下仔细观察可爱的小金鱼，随口念道："成群结队的金鱼像赶集似的游动。它们一会儿活泼地甩着尾巴在水面吹泡泡，一会儿在水中快活地跳芭蕾舞，一会儿安静地伏在水底呢喃私语。"爸爸听了，接口说："错！不光是小金鱼吐泡泡，水草也在吐泡泡。"我瞪大好奇的眼睛说："我才不相信。""不信？你自己去观察看看。"

045

　　我定睛细看，只见小金鱼在鱼缸中快活地游来游去，不时吐个泡泡，但我突然发现水草上也粘着几个气泡。我带着疑问去找姐姐。"姐姐，为什么水草爱冒泡？"姐姐说："想知道其中的秘密？其实很简单，我们来做个简单的实验吧！"

　　我找来一根试管，舀了一点水，摁住试管的一头，浸入水中，缓缓移动，靠近气泡。然后右手抓住一根木头，轻轻拨动气泡，气泡一滚动，就往上冒了出来，正好被我的试管吸了进去，我小心地用大拇指按住试管的一头，浮出水面。姐姐翻出火柴盒掏出一根，用力一擦，"哧——"火柴点燃了，发出淡黄色火焰。姐姐靠近嘴边，一口把它吹灭了，趁火星还在时，移近试管，我迅速把大拇指拿出，只听"波"的一声，火柴又被点燃了，而且火焰比刚才更加明亮了。姐姐笑着解释："看，带火星的火柴被引燃了，说

明试管中的气体是氧气。鱼缸中阳光越充足，水草的光合作用就越强，水草冒出来的气泡也就越多。"

啊，听了姐姐一说，我茅塞顿开。经过这件事，我懂得了观察事物一定要认真细心，还要深入思考，不能被表面现象给欺骗了。

小猫洗脸

姚东梅

我家养了一只猫，它除了四肢和尾巴之外全身都穿着黄色的绒毛衣，在猫的脸上，长着几根胡子，像个老头儿。但活动起来可敏捷了。

一天早上，我正在洗脸，发现我家的小猫跟在我的后面，模仿我的样子，把爪子伸进脸盆里，像模像样地洗脸，但它不是把整个脸部都洗，而是只洗胡子。我不明白其中的奥秘，便问在中学教生物课的爸爸。

爸爸解答给我听，原来，猫脸上长着的几根又长又粗的胡子是猫身上的重要感觉器官。如果胡子沾上了垃圾，它的感觉就会变得迟钝，所以猫每天早上洗脸实际上是在清理它的胡子。猫胡子的作用可大啦，能预告天气！一到下雨或者天将下雨的时候，由于气压低，空气潮湿，猫的胡子就更容易沾上垃圾。这时，猫就会仔细地清理胡子，好像在预告：快要下雨了！

我真高兴，因为我知道了猫洗脸的奥秘。

047

握不碎的鸡蛋

陆　洋

我是一只刚出生不久的鸡蛋，光滑的外壳上长满了小黑点。你可别小看了我，俗话说："人不可貌相，海水不可斗量。"我绝对是名副其实的大力士。怎么，你不信？前不久，在一次课堂上我就和人类进行了一次"力量"大战——握鸡蛋。

第一个上来较量的是一个高个子男孩子，他的目光中充满了自信，他一只手紧紧握着我，一只手攥着拳头，"啊！"他大吼一声，使出了吃奶的劲儿，透过指缝儿，我看到他的脸涨得通红，牙齿都咬到肉里去了。可我仍然安然无恙，正舒服地躺在他的手里，享受着免费按摩呢！这下他的嚣张气焰烟消云散了，只好红着脸低着头走了。

第二个上场的是绝对的"重量级人物"，足足有一百三十多斤。他在大家的助威声中，走到讲台前狠狠地瞟了我一眼，似乎在说："小不点儿，在我手下，你就等着粉身碎骨吧！"接着一把将我攥在手中。呀，他的力气还真不小呢！不过，你们别为我担心，往下瞧吧！"加油，加油！"同学们不断地为他鼓劲儿，他两脚叉开，屏住呼吸，使劲握了一次又一次，手心都出汗了，尽管他已竭尽全力，可我还是毫发无损。这回，他嘴巴都气歪了，也难怪，他做梦都不会想到自己竟会败在一个小小的鸡蛋手里。

还有一些信心十足的同学，纷纷前来向我挑战，结果可想而知，他们都是昂首而来，丧气而归。

呵呵，你们知道我哪儿来那么大能量吗？告诉你们吧，我的外壳是凸曲面形的，它具有很强的抗压能力，能把外来的压力均匀地分散开来。科学家们还根据我的这个本领，发明了薄壳结构新技术，现在，在建筑中还得到了广泛的应用呢！天津博物馆、北京火车站候车大厅就都采用了薄壳结构。怎么样？鸡蛋虽小，可对人类的贡献还真不小吧！

刀刃上的"诡计"

黄柳柳

"又粗又壮的甘蔗，不甜不要钱！"……甘蔗贩子的叫喊声此起彼伏，现在正是甘蔗成熟的旺季，卖甘蔗的摊子多了，生意自然难做，怪不得每个甘蔗贩子都在拼命地扯着嗓子喊呢！

我和几个好朋友一起在街上玩儿。走得口干舌燥了，便朝着一位老实巴交但却和蔼可亲的中年男子的甘蔗摊走去。

他的摊子是一辆三轮车，车上"躺满"了紫红色的长甘蔗，而车旁已经有厚厚的一堆甘蔗皮，有一个黄色的狭长的木板箱，那是他的削甘蔗工具的"家"。只见那男子动作麻利，"刷刷刷……"甘蔗皮像雪片般在刀下飞舞。三两下剁成几段后便交到客人手中了。然后又迅速将刀"飞"入木板箱中。

看到络绎不绝的客人和他们满意的神情，我仿佛已经尝到了那甘甜的汁水了。我满心喜悦地说："叔叔，来一根。"那小贩见了我，立刻热情地招呼："嗨，小朋友，这甘蔗可比冰棍解渴多了。"听了他的话，我们更加高兴了。他又从木板中抽出刀，熟练地帮我们削甘蔗。我们还一边跟他聊天呢！一会儿就削好了，我接过甘蔗尝了一口，果真是甜滋滋的，犹如一股甘泉流入我的心田啊！我毫不犹豫地掏出了钱……

他接过钞票塞进口袋，乐呵呵地又让刀回到它的"家"中。我满心疑惑：为什么他无论多忙，都不忘将刀插入木板箱中呢？

后来我才听到大人说，原来那里装着的是蜂蜜，小贩在刀刃上沾上蜂蜜，削过的甘蔗当然是口感颇佳了。原来他的"诡计"是在刀刃上！不！应该是在他伴装和蔼的笑脸上！

第三部分

奇思妙想想世界

　　老虎先生听说了，吓破了胆子，再也不敢回森林里了。

　　从那以后，森林里的动物们又过上了幸福的生活。

——刘亚萌《老虎太太减肥记》

小船寻主记

孙艳秋

波涛汹涌的海面上，一叶扬着风帆的小船正在剧烈地颠簸着，奋力前进。天空中，海鸥在飞翔，发出阵阵低鸣。

这是一艘没有主人的小船儿，它最大的愿望就是能找到一个主人，可是，自从上帝让它出现在了大海上，它就与快乐失去了联系，不知道快乐是何滋味。需要一个主人，是小海鸥告诉它的；什么是快乐，是水中的游鱼跟它说的。它渐渐感到自己是一艘孤独船，它甚至沮丧到想投入可怕的旋涡……

"你要振作起来！"飞翔的海鸥鼓励它。

欢快的鱼儿为它打气："看到别的船了吗？它们因为有信心的支撑，才能得到主人的欢心，才能在海面上'走'得很平稳。你，其实是很棒的！"

小船犹豫着，"是吗？我可以吗？我能找到主人吗？"

"能！你一定行！"

"好吧。我，我一定会去为自己找到一个好主人的，不管天涯海角！"有了这么多伙伴的支持，小船渐渐有了信心。

这一天，它还在海面上漂泊着，它注意看着每一个地方，连偶尔飞过的小飞蛾也不放过。中午了，它还是没找到主人，可是，它很累了。它闭上眼睛，想睡一觉。忽然，它好像听到了微弱的叫声："救我！谁来救救我！"它赶紧睁开眼睛，四下观望。原来，是一只小猴子在水中挣扎。虽然不认识它，但小船还是请风伯伯把它吹到了小猴子的身边，让它爬上船。

小猴子爬上了船，马上向小船道谢，并心有余悸地自我介绍说："我是小猴皮皮，想到对岸看看，就雇了一只海龟驮我，可没想到，这只海龟是个恐怖分子，把我驮到了这里，就扔下我不管了。幸亏我懂一点儿游泳技术，也幸亏你及时来救我，要不然我早就被淹死了。"能够遇上小猴，小船很高兴，说："噢，欢迎你！皮皮，往后你就做我的主人吧，我很孤独！""可以！可以！"于是，小船有了它的第一个主人。

小船和皮皮一起过得非常开心，皮皮还经常讲许多陆地上发生的事，小船常常听得如痴如醉。

有一天，小船和皮皮看见了一个落水者，他在海面上不停地挣扎着。它们连忙赶到落水者身旁，落水者见了小船，眼睛一亮，忙爬了上来。爬上了小船，他一把抱过小猴，匍匐在小船上，饱含着热泪亲吻着小船："啊！救命的船！在我生命的最后一刻，你给了我希望！主呀，您太仁慈了！"小猴子皮皮贴着他的耳朵，问："你愿意做我们的主人吗？"他惊讶万分："可、可以吗？""当然！""愿意！当然愿意！"

于是，落水者便成了这条船和皮皮的主人。他立志带着它们游遍天涯海角。

小船露出了微笑。这时，它忽然觉得海鸥的叫声是那么悦耳，海与天是那么蔚蓝，连阳光都是那么灿烂！

第三部分 奇思妙想想世界

拉 拉 手

孙樱宁

在一个风和日丽的日子里，小鸭欢欢和小鸡乐乐商量着要结伴去郊外春游。

它们一路上有说有笑的，欢欢给乐乐讲笑话，乐乐给欢欢猜字谜。两个快乐的好朋友走着走着，一条小河挡住了它们的去路。

小鸡乐乐为难了，她挠着头想：完了完了，我不会游泳，可怎么过河呀？小鸭欢欢看见乐乐着急的样子说："别发愁，我会游泳啊，你骑在我的背上，我驮你过河。"乐乐紧紧地抓住小鸭欢欢的背，只听欢欢"扑通通"跳下水，不一会儿，它们就到了河对岸。小鸡乐乐高兴得直拍手，它说："欢欢，谢谢你，要不是你，我就过不了河。"

两个小伙伴继续边走边玩儿，突然，小鸭欢欢一个小心就掉进了一个坑里。它使劲儿往上跳也跳不出来，小鸡乐乐伸出手去想把小鸭拉上来，可它怎么够也够不到，小鸡乐乐急得团团转。忽然，小鸡想起小鸭会游泳，它急忙拿起手中的水桶到河边打水，然后再倒进坑里，来回跑了好几趟，累出了一身的汗，小鸭欢欢终于浮了上来。

经历了这么多的困难，它们终于到了春游的地点，小鸟在清脆悦耳地欢笑，鲜花正五颜六色地比美。两个小伙伴拉起了手，快乐春游就要开始啦！

小猴子捞球

王金铭

　　有一天，小猴子胖胖约丁丁、兰兰、红红一起到大森林里踢球。他们来到了大森林里，这里有许多又大又高的树，一条清清的小河从这里流过，地上开满了五颜六色的小花，大森林真是美丽极了。

　　他们在碧绿的草地上踢球，你踢给我，我踢给你，他们玩得可真高兴啊！踢着踢着，小猴子兰兰一不小心把球踢进了河里。"哎呀！球掉进了河里，快点儿想办法吧！"小猴子们都开始想办法。不一会儿，丁丁想出了一个办法，他说："我们一个一个的倒挂在树上，我在最后一个，拿一根木棍把球拨到岸上，你们说我想的办法好吗？"小猴子们都同意丁丁的想法，兰兰说："那我们就一起开始捞球吧！"胖胖长得最大，第一个倒挂在树上，紧接着是红红、兰兰，丁丁在最后，拿着一根木棍，小猴子们捞了两次，终于把球捞了上来。大家都夸丁丁是一只聪明的小猴子，兰兰说："丁丁，你怎么想出这么好的办法来呢？"丁丁说："我听过《猴子捞月亮》的故事，所以想出了这个办法。"

　　小猴子们又在大森林里快乐地踢球，而且还唱起了欢快的歌儿来。

055

未来的电脑

葛舒薇

转眼间，二十年过去了，我也从一名小学生变成了一名电脑研发者。

我发明了许多种不同的便携电脑，有大有小，各种各样。不过它们都有一些共同的特点，就是可以任意改变大小。当然，这也是按照它们的特点来变化的。如：手表电脑，它最大能变成一只大钟，最小可以变成一枚戒指，平常就是一只手表；纸形电脑最大能变成一个电影屏幕，最小只有一平方厘米那么大，平时就是一张A4纸大小。

现在的电脑不像过去那样搬运沉重，而且也不像过去的手提电脑那样要处处防止划伤。这一点，我发明的电脑就好多了，它们不仅方便携带，而且都是防止划伤的，表面都有一层高耐磨材料。如：纸形电脑，就相当于两张普通的A4纸粘在一起，而且无论怎样折叠都不会受损伤，摊开之后又恢复原状。怎么样，神奇吧！

这些电脑不仅可以变大变小，而且可以防水防火、防热防冷。电脑表面都涂有一层防水、防火的油漆。防热防冷也是最根本的、电脑必备的预防措施。电脑的表皮内掺有薄铝箔，可以防热、防冷。而且这些电脑根本就不用网线连接，都是无绳电脑。如果信号不强的话，电脑内有一根微型天线，把它抽出来之后，对着天空，信号绝对会好起来。电脑还很省电，用的是太阳能电池板。电脑的功能也不少，不仅具备上网、编辑文件、游戏等一切功能，还可以当收音机、电视机使用。

当然，未来电脑的特点远远不止这些，今天的幻想也就是明天的现实。二十年后的我，成为一个电脑发明家，这就是我的理想！

太阳公公和月亮婆婆

黄洁羽

红彤彤的太阳是光明的使者，冷清清的月亮是纯洁的象征。关于他们的传说数不胜数：夸父追日、嫦娥奔月……可是你知道太阳公公和月亮婆婆的故事吗？

相传在很久很久以前，太阳和月亮是两个可爱的小球，是瑶池中最小的仙女玉雪最钟爱的玩具。由于沾了仙气，这两个球渐渐有了灵性，可以陪小仙女玉雪说说话，玩玩游戏什么的。

那时普照万物的是二郎神的那只通天眼，二郎神按人民的需要每天发光，夜晚则用另外两只眼睛化作星星来装饰夜晚的天空。因为二郎神的三只眼睛，使老百姓年年丰收，天下太平，玉帝准备在那年的八月十五为二郎神开一个庆功宴。玉雪是玉帝最疼爱的小女儿所以也接到了请帖。太阳和月亮知道后缠着玉雪，也想去赴宴。玉雪太喜欢他们了，不假思索就答应了，但要他们变为两块玉佩挂在她的腰间，以免闯祸。

八月十五到了，天庭变得非常热闹，五湖四海的神仙都来了。玉雪来得早，便带着太阳和月亮四处逛逛，让他们长了不少见识。在宴席上，玉帝不仅把二郎神封成了掌管各天门的统领，还把他的妹妹三圣母也封了神，并赐给她一盏宝莲灯。

席间，玉帝发现小女儿玉雪身上的两块玉光彩夺目，非比寻常。便问："玉雪，你身上的玉怎么以前没有见过？"玉雪还没有来得及回答，太阳和月亮就已经跳了出来，他们兴奋地向玉帝作自我介绍。哪知玉帝见天庭来了非邀请者顿时不悦。可过了一会儿，玉帝似乎想到了什么："你们既然会发光，那朕派你们去人间值班，一个白天，一个晚上。既可立功，又分解了杨爱卿的工作，你们愿意吗？"太阳和月亮早就听说人间是个好地方，连忙答应。

刚开始的一个月，他们尽忠职守。可由于天天遥望人间，又不能下去玩，渐渐地就散漫了，还常常迟到或早退。有一天，他们实在忍不住了，就悄悄地下凡去了。他们去了繁华的街市，热闹的茶楼，美丽的山川，宏伟的佛寺。从此以后他们迷恋上了人间，几乎天天下凡，可万物不是因为没有阳光的照射不生长，就是因为没有月亮的引力，海水泛滥成灾，百姓民不聊生。

纸终究是包不住火的。这件事传到了玉帝的耳朵里。玉帝勃然大怒，立即命人传唤太阳和月亮。一开始他们还狡辩，可有许多的天兵天将和土地公公作证，月亮和太阳终于承认了。

玉帝大怒，罚他们永远在天上不得下凡间，太阳永远炙热，月亮永远清冷，一个白天一个夜晚，永远不得见面。所以现在你看到的太阳由于太过炎热的缘故，脸涨成了红色，而月亮刚被冻成了皎洁的白色。这么多年他们没有见过面，他们彼此想念，头发都白了，所以我们都亲切地叫他们太阳公公和月亮婆婆。

太空新发现

石海洋

时光飞逝，转眼间到了2045年，人类已经数百次登上了月球。为了实现小时候的梦想，经过严格的筛选，我终于可以前往月球进行旅行。

一会儿工夫，航天飞船便到达了目的地，我穿着厚厚的宇航服下了飞船进行游玩。月球并不像神话传说中的那样美好，它是一个荒凉死寂的世界。月球上没有空气，没有水流，没有天气变化，也没有声音。不过，月球上的月海和环形山倒是很漂亮。转了一会儿，我觉得月球上真无聊，就在我准备回去时，突然不知脚下踩到了什么，定睛一瞧，差点没把我吓死，原来是一堆白骨！我赶紧跟飞船进行联系，不一会儿，飞船上下来了科研人员，我们一起把白骨搬进了飞船，飞回了地球。

几个月以后，从科学研究院传来了一个惊人的消息：这堆白骨竟然是人的骨头，而且根据骨头的骨龄推断很有可能是我国明代的万户。当年，勇敢的万户坐在装有四十七个当时最大的火箭的椅子上，双手各持一个大风筝，尝试借助火箭的推力和风筝的升力实现飞天的梦想。那时，人们以为试验失败了。因为当火光和爆炸过后，人们除了看见一些纸屑，什么也没有看到。

不过，后人还是把万户誉为利用火箭飞行的第一人。可从今天的研究发现，万户极有可能的确是第一个登上月球的人，虽然不知道他登上月球时是死是活，但他肯定是借助了火箭的推力登上了月球，这堆白骨就是证明！

没想到我的一次月球旅行竟有如此之大的发现，竟然将人类登月球的历史提前了这么多年，而且证明了第一个踏上月球的人，就是中国人——万户！

第三部分 奇思妙想想世界

孙悟空游人间

任 杰

话说《西游记》里孙悟空保护唐僧取得真经，被如来封为"斗战胜佛"之后，便整天待在雷音寺里。日子久了，觉得没什么意思，便让太白金星带他去人间看看。

到了人间，悟空怀着激动的心情睁大眼睛，想看看人间的高科技。只见天空灰灰的，上面浮满黑云；河里到处是污水，没有了鱼儿；森林里没有了绿色，只有十几个木桩子……

"呼……"一阵风沙刮过，把地上的塑料袋卷了起来，划过灰黑的天空，卷向远方。悟空大叫了一声："黄袍怪，哪里跑。"说着便冲了上去，抽出金箍棒就打，可谁知悟空也被卷了进去，塑料袋套到了他的头上，眼里也进了沙子。悟空费了九牛二虎之力才从风沙中逃出来，悟空抹着眼睛说："这'黄袍怪'太厉害了，要不是我法力高强，早就被卷跑了。"太白金星听了，告诉悟空："这哪里是'黄袍怪'啊！这是因人们砍伐树木引起的风沙，小的是风沙，大的就成了沙尘暴、龙卷风，后果不堪设想。"

悟空和太白金星继续飞着。忽然，一座垃圾山的腥臭味迎面扑来。悟空飞了一会儿，便被这臭味熏得头昏恶心、全身无力，险些从云端跌落下来，悟空自言自语道："想当年几百里的火焰山都难不倒我，而今天却败在了一个小小的'垃圾山'上。"他无奈地长叹一声："人类啊，保护你们生存的家园吧！"

悟空见人间污染如此严重，便想起天上自由自在的生活。于是，便与太白金星腾云驾雾，又回到了天上。

树叶宝宝

黄文雅

一棵大树妈妈的身上有很多的树叶宝宝，有几个调皮的树叶宝宝想离开妈妈的怀抱去游玩。这时候，风婆婆正好飘过来，树叶宝宝趁机蹦跳着，翻着跟斗离开了妈妈。

树叶宝宝飘呀飘，他们在天空中看见了正在大树上皱着眉头的乌鸦小姐，他们正想过去打招呼。突然，"轰隆隆"，一声雷鸣，下起了雷雨，乌鸦小姐看见了在空中飘浮着的树叶宝宝，就大声喊："喂，树叶宝宝，到我屋里来躲躲雨吧！"于是，树叶宝宝就到乌鸦小姐的屋里躲雨去了。

树叶宝宝问："乌鸦小姐，你为什么皱眉头呢？"乌鸦小姐犹豫了一下说："森林里要进行一场选美比赛，我也很想参加，可是我全身黑不溜秋的，又没……"话还没说完，乌鸦小姐就"呜呜"地哭了起来。

这时候，彩虹姐姐出来了，树叶宝宝眼珠子一转，一拍脑袋说道："乌鸦小姐，有办法了！"于是，树叶宝宝飞到屋外对彩虹姐姐说："彩虹姐姐，你能送给我一罐七彩颜料吗？"彩虹姐姐点头答应了。天上洒下一片七彩颜料沾到了树叶身上。随后，树叶宝宝又飞到花儿的身边说："花姑娘，你能把身上的露珠给我几颗吗？""可以，我正愁压得重呢。"

树叶宝宝又回到了乌鸦小姐的屋里，打开七彩颜料罐，洒上几颗晶莹的露珠，搅拌之后轻轻一吹，到了乌鸦小姐的身上变成了一条美丽的裙子，这下乌鸦小姐可漂亮了。那天选美比赛中，乌鸦小姐被评为了冠军。

从此以后，森林里再也没有人瞧不起乌鸦小姐了。树叶宝宝也和乌鸦小姐成了好朋友……

假如我只有三天的光明

王锦达

美国的女作家海伦·凯勒曾说过："假如我只有三天的光明，我将看世界上最美好的事。"我想：假如我只有三天的光明，我将会做些什么呢？

第一天，我想去美丽的张家界，去看那高耸入云的山峰，碧绿的河水，五颜六色的花朵，犹如一条条长龙的大瀑布，去看日出，看日落，享受太阳给我带来的快乐。我还要跟朋友去爬山，摘野花，采野菜，到河边去钓鱼，吃野餐，晚上我们还要举行盛大的篝火晚会，和朋友们一起唱歌、跳舞。

第二天早晨，我要看一看爸爸妈妈额头上的皱纹，数一数爸爸妈妈的白发，摸一摸爸爸妈妈那因为辛勤工作而粗糙的手，听爸爸妈妈讲他们童年的故事，和爸爸妈妈举行智力大赛，晚上让妈妈坐在我床边，给我讲孙悟空大闹天宫的故事，哄我入睡。

第三天，我要体验真正的大学生活，上午我要上有趣的数学课和文学课，我要端坐在课桌前，看老师给我们讲课的样子；下午我要和同学们一起去篮球场打篮球，去博物馆了解更多的知识；晚上我要和同学们一起看电影，去书店看书。

到了午夜我知道我马上就要回到那漆黑的世界了，但我不会悲伤，因为我在这三天里，看到了世界上最美好的事物，感受到了最美好的生活，我眼前虽然永远黑暗了，但我心里却永远光明。

赛　跑

李天毅

一天，小兔正在路上玩，小松鼠急急忙忙向小兔子走来。小兔子问道："有什么急事吗？这么急急忙忙的。"小松鼠说："我想和你赛跑。"小兔子听了这句话差点笑破了肚皮，说："上次你跑倒数第几来着？还想赛跑吗？"小松鼠说："别小看我，你不知道我在家练了多长时间。""那好，咱俩就比吧。"小松鼠也说："那好，比就比，谁怕谁呀！"这样他们俩就约定好了。

第二天比赛真的开始了。枪声一响他们俩开始赛跑。赛跑全程共六圈。他们俩跑呀跑呀，小兔子才跑一圈就累得不行了，小松鼠这时并没有使劲跑，看小兔子累了，小松鼠才开始使劲跑，远远地把小兔子丢在后面，取得了这次比赛的胜利。

小兔子和小松鼠的心情各不同。小松鼠乐得笑疼了肚子，而小兔子气得全身的毛都竖起来，眼睛也变红了，拳头握得紧紧的，他想：小松鼠你不要骄傲，下次比赛我一定要练好，一定要跑过你，取得比赛的胜利。

第三部分　奇思妙想想世界

青铜罐与铁罐

夏　天

铁罐自从与陶罐争吵之后，就一直闷闷不乐，就想找一个人撒气，欺负欺负别人，解解恨。于是，铁罐就进了餐厅……

铁罐刚进餐厅，看见陶罐正在和新来的青铜罐高兴地谈话。铁罐心想："不会是陶罐找这个家伙来对付我吧？哼！我先过去听听说什么吧！"铁罐凑近了，只听陶罐对青铜罐说："你好，这边的是友善的盘子，桌上的是乐于助人的叉子，旁边的是正直的勺子……"陶罐最后介绍说："你瞧，站在地上的那位'大爷'是骄傲的铁罐。"铁罐心想："嗬！和别人拉关系，却损坏我这无比光辉的形象！哼！等把这灰头土脑的青铜罐子赶走了，再回来收拾你！"

陶罐对铁罐说："行了，铁罐大爷，你们好好谈吧，找叫婴无走一步了！"说完便转身走开了。铁罐上下打量着青铜罐，觉得他挺好欺负的，正好可以拿他撒撒气。于是，铁罐傲慢无礼地说："看你那呆头呆脑的样，你会干点什么呀？"青铜罐和颜悦色地回答说："我会盛水、盛米、盛面……"铁罐见青铜罐会做这么多事，心里大为恼火。但仍摆出一副不以为然的样子，傲慢地对青铜罐说："哈哈哈……这算什么本事呀？告诉你吧！我可是这里最硬的罐子，哪个敢和我顶撞？"青铜罐半信半疑地问："那陶罐怎么一点儿也不怕你呢？""哈哈，告诉你吧，他一听到我要撞他，早就吓得跑到天边去了！"青铜罐见铁罐这么盛气凌人，便对他说："你这么欺负人！像小地主一样。"铁罐一听，气极了，使劲一晃身子，把青铜罐的把手给撞掉了。青铜罐疼得受不了了，便委屈地哭了起来。铁罐见此情景，更觉得意了。铁罐摆足了架子，更加骄傲地对青铜罐说："笨蛋！这次没把你撞成一片一片的，就算你幸运了！"说罢，便幸灾乐祸地走开了。大家都纷纷为青铜罐打抱不平，都认为铁罐应该向青铜罐赔礼道歉。

陶罐听说这件事儿后，觉得铁罐太过分了。一天，他在餐厅又遇见了铁罐，便严厉地批评他说："你干吗把人家撞伤呀？""谁叫他说我是小地主。"铁罐顶了陶罐一句。"那你也不能把人家撞伤呀！""他本来就不结实……"陶罐和铁罐争吵不休。就在他们俩争吵之时，青铜罐慢慢走过来对他们说："陶罐哥哥，其实，是我不对，是我先骂铁罐'小地主'的。"说完，青铜罐便向铁罐道歉。铁罐见青铜罐给自己道歉了，更像一只孔雀似的骄傲起来，端足了架子，对青铜罐说："行了，看你诚心诚意的，我就原谅你吧！"说罢，便当着大家的面，毫不羞愧地扬长而去。

　　过了许多年，那个餐厅被洪水冲到了一个非常潮湿的地方。某一天，青铜罐被建筑工人挖了出来。青铜罐激动地对工人说："谢谢你！请你把我的好伙伴也都挖出来吧！"所有的伙伴都被一一找到了，只有铁罐，仍然没有被发现！原来，铁罐经不起时间的考验，已经被腐蚀了，烂掉了。

065

老鼠的"理想"

岑蝶妮

我是一只可怜的老鼠。自从有了猫，我的许多兄弟姐妹都被它吃了。我太痛恨猫了。我一直在想，怎么和猫化敌为友，让猫不再吃我们，这是我们鼠民最大的理想。

为了实现这个理想，我们老鼠偷窃集团召开了紧急会议。会议中，偷总悲痛地说："弟兄们，我们的死敌猫害死了许多兄弟姐妹。我们得想个法子治治它。"经过一番讨论，偷总决定用贿赂的方法去制服猫。最后，会议决定由我担任此次任务的总经理。

会议结束之后，我来到屋檐下，看到主人吊在篮子里晾着的半潮不湿的鱼干。我叼着鱼干走到猫跟前。猫一看到我就张牙舞爪地扑过来。我吓得连忙跑进洞中。猫钻不进来，只好在外面等着。我爬到洞口轻声地对猫说："猫大哥，我的好猫大哥，我给你送鱼来了。"猫一听，生气地说："你有这么好心吗？""只要你答应，以后不再吃我们老鼠就行了。"猫气愤地说："不吃你们老鼠，以后我吃什么。"我说："我每天给你送条鱼，不就行了吗？"猫想了一会儿说："是个好主意，那就这么定了。"

以后，我每天给猫送去几条鱼。猫呢？成天无忧无虑，躺在墙角边睡大觉，看见我们偷东西，不理不睬，睁一只眼，闭一只眼，假装什么也没看见，什么也不知道。

从此，我不再偷偷摸摸，而是光明正大，实现了我的"理想"。不过，相信不久的将来，如果我们不给那只好吃懒做、失去了本领的猫送鱼吃，它一定会饿死的。

老狼偷彩虹

陈桑燕

雷阵雨过后，山谷上跨着一条彩虹，照得山谷里的花儿更红了，树儿更绿了，溪水也五颜六色的，漂亮极了。山谷里的小蝴蝶扇着彩色的翅膀飞来飞去，爱跳舞的小白兔变成了小金兔，高兴得又是唱歌，又是跳舞，引得小黄狗、小胖熊也加入他的队伍，他们的歌声随风飘扬。而这时，在半山腰上，有只孤独的老狼坐在门前的石头上，眼睛直瞪瞪地看着彩虹，想着心事。他太孤独了，自从上次骗了小母鸡的一个蛋后，就没人再来和他讲话了。所以，当看到小动物们高兴时，他总有一种坏坏的想法。

老狼忽然站起来，从房子里找出一只麻袋，爬到了山顶上，他抓住彩虹的一角，使劲儿往口袋里按，彩虹像跑了气的气球一样被塞进了麻袋。然后老狼往背上一扛，一路小跑着到了家。关上门，老狼正想解开袋口偷偷瞧瞧。突然他的门"嘭嘭嘭……"响了起来，一个声音喊着："老狼，你这坏蛋，偷了我们的彩虹，快交出来。"有几个声音也附和着："快交出来，快交出来。"老狼从窗口伸出脑袋，凶巴巴地说："你们凭什么说我偷了彩虹？"领头的小白兔一指地上，一条彩色的小路一直延伸到老狼的小木门前。原来老狼的麻袋太破了，彩虹从一个漏洞中露了出来，可老狼一直没发现。老狼拔出拳头，说："你们胆敢说我偷彩虹，不要命啦……"说完还挥挥拳头，这下小动物们不敢说了，只好愤愤地回去了。

他们走后不久，老狼马上把口袋打开了。这时，彩虹仿佛在袋子里憋不住了，"呼"的一下跳上了屋顶，顺着烟囱爬到了小木屋外。瞬间，老狼的屋顶变成了亮晶晶的七彩屋顶。老狼着急了，眼看他偷彩虹的事马上要被揭穿了，可他自己却没有一点儿办法。老远一群小动物看见彩虹都争先恐后地跑了过来。老狼连忙搬出梯子，爬上屋顶要把彩虹抓下来时，小动物们已经快到他家了，吓得老狼瞪大眼睛，滑下梯子"扑通"一声，掉进了屋

067

边的水池里。

小动物们赶到老狼家，老狼在池里不断地挣扎，嘴里喊着："救……救命啊！救……命……啊！"小胖猪站出来说："大坏蛋，你敢偷彩虹，占为己有，这就是你的报应，哼。"老狼伸出他那狼爪不断地挣扎，"求求你们，我以后不会再偷彩虹了，你们快来救救我呀，我快要沉下去了。"老狼诚恳地说。小白兔站出来说："我们不会再相信你了。""真的求求你们了，我以后再也不敢了，如果我再做坏事的话，我任你们处置。"老狼说。小动物们见老狼这样，答应了老狼的请求。大伙儿扔下一根绳子，把老狼拉了起来，老狼躺在地上，有气无力地说："谢谢你们，为了报答你们的救命之恩，我愿意把我这间屋子改成七彩乐园。我住那边的山洞，只求你们经常来。"

小动物们把屋顶上的彩虹捧到屋里，屋子里五颜六色，亮晶晶的。晚上，小白兔在这里跳舞，小黄狗在这里唱歌，小动物们都很高兴。老狼躺在旁边的石椅上，看到他们高兴，他的心情也好像好了起来。

老虎太太减肥记

刘亚萌

很久很久以前，在一个大森林里，住着许多小动物。一天，山林之王老虎先生要到森林外面拜访一位朋友，便留老虎太太一个人在家。

老虎太太是一个爱美又爱吃的老虎。每天都要吃好多小动物们献上的山珍海味。时间一长，小动物们都非常憎恨她，但又不敢反抗。这时，经常在人类那里偷东西、被小动物们称为"梁上君子"的狐狸说他有办法对付老虎太太。小动物们都半信半疑，但又都愿意让他试一试。

狐狸到了老虎太太家里，讨好地说："虎太太，您知道吗？如今人类都在减肥呢！你这么胖，减肥后一定非常漂亮！"老虎太太动心了，就问："怎么减肥呢？"狐狸说："我在人类那里偷了一个叫滑雪板的玩意儿。听说，常滑那东西能减肥哩！"老虎太太听了很高兴，于是，送给狐狸一些肉作为酬谢，并说："我要测试一下你的话是真是假——如果我用了之后还这么胖，我决不轻饶你！"

老虎太太从此每天用滑雪板锻炼，为了减肥也不再吃山珍海味了。森林里太平了一阵子，可小动物们觉得这不是长久之计，而且她害死了许多同类的朋友，所以要让她以命偿还！于是小动物们又去找狐狸帮忙，狐狸很快答应了。

老虎太太一天天瘦了下来，可狐狸还没有想出好的办法来，他决定进城里打听打听"先进武器"。他听说聚光镜能点火，便想用火烧死老虎太太，于是他在一家商店偷回来了一个聚光镜。

老虎太太每天在山上滑雪，狐狸便在远处凿陷阱，之后用聚光镜点火，在上面盖一层薄纸。他叫来老虎太太说："在这里滑吧，这里非常平稳！"老虎太太不知是计，便走过去。谁知"咚"的一声，她便掉了进去，被狐狸烧死了。

老虎先生听说了，吓破了胆子，再也不敢回森林里了。

从那以后，森林里的动物们又过上了幸福的生活。

069

第三部分 奇思妙想想世界

黑猫警长抓小偷

戴洪欣

三更半夜的时候，人们都睡着了，狡猾的老鼠出现了，它偷了母鸡家的一袋大米，慌忙地往河边跑去。

正在巡逻的黑猫警长发现了老鼠，急忙追上去大喊一声："站住，小偷！"老鼠回头一看，原来是黑猫警长！它拼命地跑到河边，看见小河里有一艘小船，它迅速跳进小船里，拿起船桨，向河对岸划去。得意扬扬的老鼠对黑猫警长大叫："你这个小黑猫，连我一只小老鼠也抓不着，哈哈，你有本事就来抓我吧。"黑猫警长听了老鼠的话，急得直跺脚，怎么办呢？

忽然，黑猫警长眼前一亮，看见了大树下面有两根木头，它的脑筋一转，想出了一个好办法：它把两根木头用绳子捆绑在一起，就做成了木筏。黑猫警长还把树枝当成了船桨，使劲划桨，去追赶老鼠。

老鼠划到对岸的时候，回头看见了黑猫警长追来了，顿时，慌了神儿，急忙跳上岸，脚还没站稳，就被黑猫警长的手铐铐住了。老鼠垂头丧气地说："今天真是倒霉，又被黑猫警长抓住了。"

后来，黑猫警长把粮食还给了母鸡，老鼠也受到了应有的惩罚。

根代表大会开幕记

李丹丹

科学爷爷为了让植物根们互相认识，决定把所有的根召集起来开一个代表大会。

根代表大会开幕那天，科学爷爷亲自来到门口迎接。天刚亮，土豆弟弟身穿土黄色外衣，兴高采烈地向会场走来。科学爷爷走过去问："土豆，你怎么来啦？""科学爷爷，我是来参加根代表大会的。"科学爷爷说："对不起，土豆，这会你不能参加，你跟藕、百合、生姜、荸荠、芋头一样，身上有芽，属于地下茎，你还是参加明年的植物茎代表大会吧。"土豆弟弟听了，失望地走了。

过了一会儿，下巴拖着一把长长的大胡子的萝卜大爷，弯着腰，拄着拐杖穿着一件白大褂一瘸一拐地走来了。科学爷爷忙迎上去，扶着萝卜大爷。还没等科学爷爷说话，萝卜大爷就问："我听我孙子说今天这里有一个植物根代表大会，我有没有资格参加？""您体外有根须，体内贮藏着丰富的营养。您是名副其实的根，请您快点进去吧！您的伙伴甘薯、胡萝卜还有各种呼吸根、支持根、寄生植物的吸根、奇形怪状的榕树气生根都在里面了。"科学爷爷还没说完，萝卜大爷就进去了。

萝卜大爷进去以后，披着粉红外衣的洋葱小姐姗姗来迟。科学爷爷见了忙上前阻拦。洋葱小姐不服气地说："科学爷爷，您德高望重，今天怎么不讲理了？萝卜大爷进去了，我为什么不能进去呢？难道我不是根吗？"科学爷爷耐心地说："实在很抱歉，你身上长的是扁球形的鳞茎。你属于地道的变态茎。"洋葱小姐听了心服口服，只好走了……

最后，在科学爷爷的严格把关下，这次大会顺利召开了。

长了智慧的小木偶

付 康

一直找不到人、吃不饱饭的小灰狼看到《小木偶的故事》后，高兴得跳起来。它知道小木偶熟悉人住在哪儿，它要找小木偶当傀儡帮他实现吃人计划。小木偶已经会哭，会笑，会生气，会着急了，更使狼得意的是小木偶还学会帮助别人了。

小灰狼找到了小木偶，说明来意，小木偶笑嘻嘻地说："互相帮助是好事，咱们这就出发。"

路上，小木偶想："我的原型是人塑造的，我可不能为虎作伥、恩将仇报，得想个法儿把狼来了的消息告诉人，让他们做好防备。"小木偶想到这里，故意绕道走过白兔洞穴前，他想让快腿的白兔去传话，就提高嗓门说："小灰狼，你怎么老是想着吃人？虽然我带你去，可告诉你啊，人是很厉害的，他们整夜不眨眼，早有防备，你不怕人吗？"其实小木偶正担心人夜里喜欢睡觉，被狼钻了空子。

他怕小白兔还不会意，又大声说："也许我们还没到，别人已经去告诉人了。"说话间，见草丛里闪过一道白影，小木偶知道最恨狼的白兔已经去通知人了，脸上禁不住有了笑意，继续带着小灰狼绕着道走。小灰狼却毫无察觉，得意地说："我是专门吃人的狼，我怕谁？"

走了好长时间，他们来到人居住的地方。一位小男孩突然端着枪横在路当中。小木偶说："人来了。"狼看着枪吃了一惊，又想扑上去，又想后退。小木偶说："你不是刚刚说过大话吗？上啊！"小灰狼无话可说，硬着头皮冲过去。说时迟，那时快，只听"砰"的一声枪响，小灰狼在地上打了一个滚，驯服地伏在小男孩脚下。

原来，为了保护动物，人类最新研制了一种专门用来改变猛兽习性的弹药，像这只中弹后的狼，今后再也不会害人了，只能更好地为人类作贡献了。

　　小木偶兴奋地看着小男孩。小男孩说："小木偶，你不但会笑，会哭，会生气，还长了智慧呢。"

　　"这还不够呢！"小木偶认真地说，"我还要学会学习，学会创造，那样才能成为真正的孩子！"

调皮的阿拉伯数字和符号

林海诚

在一个夜深人静的晚上，人们已进入甜蜜的梦乡。突然，从数学书里陆续跳出了一大堆可爱的阿拉伯数字娃娃，有1到9，有小数点，有百分号……静寂的书房顿时热闹起来。

"书里真是闷死我了，还是外面好玩。"说这话的是娇滴滴的0，它呀，最没主心骨了，你看你看，它一会儿靠在9的背上，一会儿靠在7的背上，惹得9呀7呀哇哇叫："走开走开，都是你，害我们扩大了10倍。""就是就是，站没站相，坐没坐样，滚开，讨厌！"

这样一来，0可伤心了，自己一个人躲在角落掉眼泪。只有1、2和5好脾气，走过来说："小妹妹，别伤心了，我们跟你玩。"小数点一看，也来凑热闹。这下有好戏看了，它们四个呀，一会儿成了1.052，一会儿成了5.021，一会儿又成了1.025……看得人眼花缭乱。"你们到底是什么呀，搞得我头都痛了。"首先发牢骚的是4，也难怪，平时它最不爱动脑筋了。

"不好玩，不好玩，我们还是来玩捉迷藏的游戏吧！"百分号说。它的提议得到了大家的一致响应。这下好了，书房里更热闹了，6本来跟0一组，可是，给3撞了一下，变成了9。这下，屋里有两个9，却没有6。百分号呢？乘机左冲右突，害得被它撞到的数字娃娃变成了数字"细菌"，需要用放大镜才能分辨出谁是谁了，闹得1到9要跟百分号算账……

"冲啊——我来了！你跑不了了——"突然，静寂的卧室里传来不断的梦语，仿佛炸雷一般，吓得数字娃娃魂飞魄散，一溜烟跑回数学书里。书房又恢复了宁静。

过了好一会儿，这些可爱的数字娃娃和人们进入了甜蜜的梦乡……

第四部分

听，心海在唱歌

　　好奇心是学习者的第一位老师。有了好奇心，就有了求知的欲望，才能产生急于打开知识宝库去探索奥秘的行动。

　　　　　　　　　　　　　　　　——蔡悦《纸箱里的秘密》

我想住在书本里

[台湾] 陈以琳

如果我能住在书本里，那有多好哇！我想住进《卖火柴的小女孩》里。我要请所有的新朋友，买下小女孩的火柴，再邀请她和她的父亲到我家来做客，我还要把最漂亮的衣服送给她，让他们度过一个最难忘的新年。

如果我能住进书本里，我要住进《灰姑娘》里。当12点的钟声响起，我要请爸爸开车载她回家，并且告诉王子事情的真相，阻止后母从中破坏，让王子和灰姑娘过着幸福、快乐的日子。

如果我能住进书本里，我想住进《丑小鸭》里。我要先告诉丑小鸭，它以后会变成一只天鹅，请它不要灰心。然后，我还要鼓励丑小鸭，不要畏缩，不要气馁，有信心做什么事都能成功的！

如果我能住进书本里，我想住进《红鞋女孩》里。我要请奶奶听红鞋女孩的话，不要再给我买红鞋，不然会有危险。

如果我能住进书本里，我想住进《小叮当》漫画里。当我遇到麻烦，我就可以请小叮当帮我解决。

如果我真的能住在书本里，那有多好哇！

《西游记》读后感

徐赫奕

　　暑假，我读了中国古典文学四大名著之一的《西游记》。

　　这部神话小说充满了奇特的想象，情节生动有趣，讲的是唐僧、孙悟空、猪八戒和沙僧师徒四人去西天取经，一路上灭妖除怪的故事。书中的每个人物都栩栩如生、富有个性。

　　但我最喜爱的人物要数神通广大的齐天大圣孙悟空了，他疾恶如仇、充满正义感、勇于反抗权威。他不把至高无上的玉皇大帝放在眼里，敢于蔑视天庭、大闹天宫；在阎王的生死簿上划掉了自己的名字，使自己永远不会死；妖魔鬼怪只要出现，他绝不放过。另外，为保护师傅唐僧去西天取经，孙悟空忠心耿耿、百折不挠，一路上历尽千难万险。

　　我佩服孙悟空的本领，他能上天入地下海、一个筋斗十万八千里，还能七十二变……同时更佩服他勇往直前、不畏艰险、坚忍不拔、一心一意保护师傅取经的精神。这种精神也是值得我们在平时生活中学习的。对待学习，我们如果能像孙悟空一样不畏艰难、有持之以恒的意志，也一定会取得"真经"修成"正果"。

第四部分　听，心海在唱歌

读《月亮忘记了》有感

钱俊男

我爱看书。我爱品味书中的人物，我爱斟酌书中的字眼；我爱吸取书中的经验，我爱探讨书中的疑问。书，无处不在，它时时刻刻地滋润着我，启发着我，教育着我，它默默地奉献着，我开心地吸收着……

窗外的雨淅淅沥沥地下着，我的心情像天气一样糟糕。借着暗淡的灯光，我把《月亮忘记了》这本书读完。这本书写了一个顽皮的小男孩将月亮从天上摘下来，从此，每个黄昏过后，大家都焦急地等待，却再也没有等到月亮升起。潮水慢慢平静下来，海洋凝固成一面漆黑的水镜，没有月亮的夜晚，世界变得冷清幽寂。正要登陆月球的太空船，在星海中迷航；沮丧的科学家，无助地望着天空发呆；电视不断重复播报月亮失踪的消息，世界末日的恐慌瞬间弥漫全球。

小男孩知道自己做错了事，处处受人冷落，受人歧视，就连他的父母也因此承受不了这么大的社会压力而丢弃了他。小男孩却笑对现实。

读到这里，我不禁为他可怜的遭遇伤心，为他坚强的意志感动。从此，小男孩和月亮相依为命，一起玩耍。渐渐地，他上学总是迟到，不久就被学校开除了。他跟月亮愈来愈孤单，他们来到公园，大树毫无来由地突然枯萎，叶子全都掉光了；他们来到小河边，河水突然不再流动，宛如一潭死水。

我的眼泪夺眶而出，为什么小男孩这么可怜？为什么小男孩这么顽皮？为什么人间这么无情？

读完这本书，我的心情起伏不定。它让我们因生命中的颠倒，体会现实中的残酷与幸福。生命中，不断地有人离开或进入。于是，看见的，看不见了；记住的，遗忘了。生命中，不断地有得到和失去。于是，看不见的，看见了；遗忘的，记住了。

什么是"无为"？

尹 杭

　　最近，我读了"哲学家讲的哲学故事"丛书。其中，《老子讲的"道"的故事》这本书给我启发最大。

　　老子是春秋时期伟大的哲学家和思想家，道家学派创始人。《老子》一书反映了他的基本思想。他作品的精华是朴素的辩证法，主张无为而治。

　　那么什么是"无为"呢？老子称被动做的事和对我们的生活没有必要的事情叫作"人为"，与之相反的事叫作"无为"。

　　"无为"这个概念还真让人有点难以理解。刚开始我以为"无为"就是什么事都不做的意思。读了书才知道，"无为"并不是指无所事事，而是指没有做作的自然行为。

　　联想到现实生活，我们中国人的脸一般是比较平、鼻梁低，这些都是自然属性，也就是人们出生的时候自然形成的。可是，一些人觉得高鼻深目的欧美人的脸比较立体、更好看一些，就不顾自己的脸型特征，不惜花重金，更是冒着毁掉自己原貌的危险，到医院去人为地做整容手术。口口声声追求自然的人反倒以不自然的行为导致不自然的结果。其实，好多欧美人还羡慕中国人，认为中国人的脸平一些，可塑性比较强呢！

　　所以说，面对社会中林林总总的各种现象，我们应该经常审视自己，并刻意克服人为的做作行为，这也许就是"无为"吧。

079

光阴似箭

乔　宇

俗话说："一寸光阴一寸金，寸金难买寸光阴。"很多人都懂得这个道理，却很少有人能自觉地珍惜时间。

上周星期一一大早，我被闹钟吵醒了，才六点，不怕。我赖在床上，不肯起来，懒洋洋的还想迷糊一会儿，心想："八点才早读，我家离学校也不过一刻钟的路程，再打个盹也不会迟到。"

我半靠着床头，脑袋渐渐耷拉下去，不知不觉我又睡了一觉，睁开眼睛一看钟：啊，怎么时间溜得这么快？一个小时"唰"就过去了。不对呀，我感觉就睡了几分钟呀？嗨，别胡思乱想了，我赶忙爬起来，快速地穿衣、刷牙、洗脸、系红领巾。等我坐下来吃早饭时，才七点十分。这就奇怪了，我刚才干了那么多事，才花十分钟；我以为睡了几分钟，其实是一个小时。这时间难道有弹性？有时短，有时长？

因为算算不会迟到，我就慢慢享用着妈妈准备的稀粥和油条。似乎才喝了一碗粥，消灭了一根油条，妈妈的叫嚷声就传来了："乔宇，都什么时候了，你还在磨磨蹭蹭的！"我瞥一眼钟，吓了一大跳，都七点四十五了。我快速背起书包，向学校方向冲去。

时间的脚步实在是太快了，今天已经是星期三了，可是周一升旗仪式的情景仿佛还在眼前。明天星期四，后天星期五，双休日转眼再一次来临。时间的衣襟想拽都拽不住，时间一去不复返，我可得好好珍惜时间啊！

树 根

邢 星

　　记得那是七年前的一天，我和爷爷在林子里玩耍。由于跑得太快了，突然我被大树凸出的树根绊倒了。我立即拍了拍裤子站起来，走上前去，踢了树根一脚。爷爷不赞同地看了我一眼，然后拉着我坐到树根旁，对我说："你喜欢大树吗？"我回答："喜欢！因为大树可以'吐出'氧气，吸收二氧化碳。还可以防止沙尘暴，防止洪水……"爷爷说："树的好处很多，但你知道吗？大树为什么这样枝繁叶茂？是因为它从根部吸取了大量的营养。你之所以能看见这些美丽的大树，还要归功于默默无闻、朴实无华的树根呀……"

　　当时年幼的我，并不太懂爷爷说这些话的含义。如今回想起来，我能理解了：所有的树，它们都有一个貌不惊人的根。树根的美是深沉的，一头扎进土壤里，树根仿佛故意不让你看到它的模样，褐色的肌肤，像土壤一样朴素；粗糙的质地，绝对比不上绿叶和花果的精致；坚韧的躯体，如钢针一般执拗。总之，它并不是为供人观赏而存在的。然而，正是它的朴素、粗糙和坚忍不拔，令我感受到深沉的美感。

　　就在爷爷对我说这些话的那年秋天的教师节，当了一辈子教师的爷爷永远地离开了我们。但爷爷说的这些话，却深深地印在了我的心里。它激励着我要做一个默默无闻、朴实无华的人。

081

李大钊与我同行

石 力

星期六晚上，我坐在台灯下，津津有味地看着刚借来的新书《李大钊的故事》，我被书中少年李大钊的趣事迷住了。

这时妈妈接了个电话后对我说："石力，外婆感冒了，你快把这药送去。"我虽然迷恋着书中的故事，但平时外婆那么关心我，我怎能不心疼外婆？我急匆匆拿起药出了门，连书都忘记放下了。其实外婆家就在附近，但现在很晚了，路上黑黑的，没有路灯，没有行人，我显得那么孤单，心不由得提了起来。我加快脚步向前走，突然看见漆黑的路上一个白花花的东西在黑暗中越发显得惨白。啊！莫非是什么鬼怪？我不由得停下了脚步，双腿忍不住哆嗦起来。

"别怕！不要自己吓自己！"仿佛有一个声音在我耳边响起。我握紧手中的书，感觉那是少年李大钊在对我说话呢！刚刚我在家看的正是《妙趣·遇鬼》，讲的是一个下着大雨的晚上，李大钊回家时路过一片坟场，看见坟前有"鬼"，他勇敢地跑了过去，准备与"鬼"打架，谁知到了前面才发现那"鬼影"原来是竖着的木板。李大钊过坟地都不怕，我还怕什么？我壮起胆子，也学着李大钊向"白鬼"发起进攻。我一脚踢过去，天哪，原来那竟是不知谁丢的一块塑料泡沫。

这时我的脚步轻松多了。啊，感谢一本好书，让李大钊与我同行！

聆听大山的回声

储旭川

我奶奶家在乡下，奶奶家的背后是一片一望无际的青山。山上到处是树。

秋天，那石榴树上挂着一个个红色的灯笼，再看那柿子树高大挺拔的身影里，还闪烁着一个个忍俊不禁的红脸蛋。但最美丽、最引人注目的还要算那色彩鲜艳的老枫树。一眼望去，就能看到那红得似火，像小手掌，像红蝴蝶，又像正在燃烧的火焰的红枫叶，在秋风中扬扬地飞动。

我最喜欢和姐姐去大山里玩。秋天，正是果子成熟的季节。我和姐姐一起去半山腰摘那红色的柿子。有时还会采集枫叶做标本。由于景色宜人，食物丰富，大山里也常常会有小动物出没。如果你运气好，还可能遇到一只小刺猬呢！

083

有一次，我跟同学吵了架。我妈妈知道了，当着大家的面批评了我。我当时心里烦急了，十分懊恼。于是，我那不争气的眼泪就像那一串串珍珠落了下来。我一气之下，打开门，头也不回地就往外跑，我一口气跑到了大山里。我大声地对着大山喊："我没有错，我恨死你了，你是坏蛋！"我刚喊完"你是坏蛋！"大山把这句话就原封不动地还给我了。顿时我愣住了：这不就是大山的回声吗？

一瞬间，我似乎感悟到了什么。站了起来，竟然情不自禁地回家去了。回家路上，我不断地想：人生不就和回声一样吗？你如果对人生负责，人生也就会对你负责；你如果不珍惜友谊，不善待别人，别人也就会用同样的态度来面对你。

第四部分　听，心海在唱歌

珍惜生命

王乐素

"啦啦啦，我是卖报的小行家，一边走一边叫……"我哼着轻快的歌儿，像往常一样骑着自己心爱的自行车上学去。一路上，微风习习，小鸟喳喳，田野里的花儿向我频频点头，山坡上的小树向我不停招手，"飞啰……"我的心情别提有多舒畅，撒开双手就耍起"车技"来。

不知不觉中，来到了水果批发市场的十字路口，让我感到好奇的是：今天怎么有那么多人围在那里，乱哄哄的，他们在干啥呢？为看个究竟，我急忙停好车跑过去，趁着人群的间隙钻了进去。只见一个年轻人横卧在地上，旁边满是鲜血，景象很凄惨。周围的人七嘴八舌地议论着："这个人真可怜啊！怕是不行了！""真是的，也怪他自己不好好开车……"

不一会儿，警车和救护车呼啸而来，下来好多警察和医生。他们先是快速地拍了几张照片，然后，医生在群众的帮助下，把这个年轻人抬上救护车送去医院。警察叔叔留下来向目击者了解情况，又用皮尺丈量了两车的相对位置，以作进一步鉴定。原来，这个年轻人是做橘子生意的，当他开着三轮摩托车转弯时，一只手仍拿着手机通话，来不及打转向灯，再加上未能及时减速，结果，被尾随的汽车撞上了。就这样，一起不该发生的交通事故发生了！

离开人群，我小心翼翼地上车赶路，再也不敢大意，心情却久久不能平静，这一幕惨象始终在脑海里萦绕不去。唉，要是那个年轻人遵守交通规则，瞻前顾后谨慎行车，也许这起交通事故就可以避免了。经一事，长一智，亡羊补牢未为晚也！朋友们，珍惜我们的生命吧！

你好，彼得·潘

——读《彼得·潘》有感

郑 天

彼得·潘：

　　你好！

　　我是21世纪的一名小学生，自从读了《彼得·潘》这本书后，我认识了你，你让我的生活变得丰富多彩。

　　彼得·潘，你快乐勇敢。因为温蒂和她的小伙伴们不想长大，你无意间说出了乌有岛。乌有岛是一个神奇的岛，在岛上生活的孩子都不会长大。夜晚，你悄悄地带着他们去了乌有岛。在岛上，你带着他们去和印第安人打架，去和海盗战斗……温蒂被海盗推下甲板的那一刻，我赶紧合上书，心里凉了半截，温蒂真的会被鲨鱼吃了吗？彼得·潘，你怎么还没来？

　　带着悬念，我慢慢地打开了书，一点一点往下看。"彼得·潘，你真棒！"我情不自禁地大喊起来。原来，温蒂在被推下甲板的那一刻，你"呼"的一声飞了出来，抓住了温蒂的手。好"坏"的彼得·潘！看完这部分，我"恨恨"地想。

　　彼得·潘，我是一个内向的女孩儿。我胆小，怕和别人交流，我不敢在众人面前唱歌。有一次，爸爸想锻炼我的胆量，帮我报名参加了学校歌唱比赛。我原本在家练得非常好，而且带上了丰富的感情。而比赛那天，上了台，我竟差点忘了歌词。赛后，看着别人捧到手的奖品，我真有点想哭。可认识了你以后，我渐渐学会了勇敢。

　　彼得·潘，你活泼可爱。你穿着一双靴子，戴着一顶尖尖的帽子，当别人不开心的时候，你会说笑话给他们听；你经常犯错误，但时常逗得别人哈哈大笑……每次我读到这些搞笑的情节也会捧腹大笑。彼得·潘，再次谢谢

你让我学会乐观地对待生活。

彼得·潘，我从你身上学到了许多。你是我梦境中一道美丽的风景线！有时，真希望什么时候，你也来我这里，带我去乌有岛呢！

祝你一切都好！

21世纪的一名小学生

人生与品茶

王昕扬

在现代人眼中，茶就是喝的。实际上，茶是品的，千百年来，茶需要品，需要细细地品味。茶，蕴藏着神农的艰辛，包含了古代的文化。茶，有饮料的甘甜，有白水的纯洁，有中药的价值，也富含人生的哲理。

茶长在茶树上时，翠绿无比，在清明前那几场淅淅沥沥的小雨后，茶园一片生机勃勃的景象。这时，茶被人们采摘下来，放在锅里炒制，翠绿饱满的茶，变得枯黄干瘪。闻起来虽淡，不过苦涩的味道依然存在。炒好了茶，该冲泡了。先把茶叶置入杯中，加上水，以高过茶叶一点为宜，转动杯子，静置，待茶泡开，用滤器将水倒掉，加入高温水即可品茶。茶叶在水中沸腾起来，交错混乱，时上时下，时高时低。

喝茶，不像喝酒，不像喝水，不像喝药，它有独特的方法——品。品茶，不能太快，不能太多，不能太粗，不能太猛，要细细地、慢慢地品味。茶可以喝得花样百出，茶的用法更是数不胜数。以茶会友，边喝边聊天，边喝边谈话，边喝边谈生意，边喝边说笑……可以用四句话形容茶的感觉："都说茶水喝着苦，苦里那透着甜；都说茶水喝着甜，甜里面那带点香。"苦涩的味道消失了，换来了甜，可谓是苦尽甘来啊！

人小时候，像嫩叶一样，被人们寄托着希望，长大的过程中饱受挫折，中年想起自己曾经美丽，老了，又坐在摇椅上，散发余香。茶不正是人一生的写照吗？

087

微笑的力量

侯朴毓

　　"微笑是内心的鲜花在脸上的缩放。"看到这句格言，我眼前就会浮现出我最崇拜的偶像——桑兰姐姐。桑兰姐姐曾经是一名出色的体操运动员，可是在她十七岁那年意外摔伤，于是终生与轮椅相伴。

　　然而面对命运如此残酷的捉弄，她的脸上竟然绽放出阳光般灿烂的微笑。这是怎样的微笑啊！它比万紫千红的春花更绚丽，比"野火烧不尽"的春草更顽强。从此，微笑定格在她脸上。微笑中，她走进了大学校园；微笑中，她成为一名主持人、记者；微笑中，她成为中国残奥会、中国聋奥会、中国特奥会的爱心大使；微笑中，她成为申奥形象大使……这，不就是微笑的力量吗？

　　"当你微笑时，世界也对你微笑。"看到这句谚语，我不禁又想起了一个小故事——《十二次微笑》。在一架飞机上，由于空姐不小心将咖啡洒在一位挑剔的乘客身上，乘客气冲冲地说，"我一定要投诉你！"这位空姐没有辩解，也没有抱怨，微笑着请求乘客的谅解。后来，当每一次经过这位先生的面前时，她微笑如一，热情地为这位先生服务。飞机着陆了，乘客找到了空姐，诚恳地向她道歉："小姐，原谅我刚才的无礼。您十二次的微笑征服了我，谢谢你的微笑。"这，不也是微笑的力量吗？

　　微笑，像黑暗中的熠熠星光，照亮了我们的心房，使我们勇敢、乐观地面对困难与挫折；微笑，像寒冬里的习习春风，融化了人与人之间的隔膜，使这个世界处处萌发出快乐、友爱的种子。亲爱的朋友，让我们微笑，让我们亲身感受微笑的力量吧！

我那永久的疤痕

岑禹泽

八月的天空几乎是红色的，火辣辣的太阳毫不留情地释放着它那刺眼的光芒，直晒得人们汗流浃背。我坐在窗前，正琢磨着如何躲避一下这难耐的酷暑。

"哈，快，快呀！"窗外快乐的叫喊声传入了我的耳朵。这么热的天，谁还有力气疯叫？我的注意力一下子集中到了楼下的几个伙伴那儿。

瞧，他们骑着自行车从一个高高的斜坡上往下冲，以换取难得的一阵凉风来解暑。嘿，这个避暑方法倒蛮不错，一看就显得非常刺激，肯定很爽！心动不如行动，我迫不及待地推出自行车，迅速地加入他们的行列，一起去体验那"飞车"的乐趣。

我风风火火地来到游戏基地，看着同伴们欢快的身影，自己已在一旁摩拳擦掌，准备大显身手了！我三步并作两步，把车推上高坡，然后跨上自行车，学着同伴们的样子两脚快速地蹬着，自行车像箭一般向下滑去，此时的我好像已告别了这炎热的夏天，微风拂过我的脸庞，凉爽透顶，这实在是一种享受！

自行车在慢慢地减速，刚刚凉爽快乐的时光短暂得似乎一眨而过，我骑在车上仍在回味着，得意扬扬地哈哈大笑，并想象着下一次的飞车体验。突然，车轮一滑，只听"哐"的一声，我已抱着疼痛难忍的伤腿瘫在地上，鲜血马上从膝盖伤口处渗了出来，顺着小腿直往下流，刚刚还洋洋得意的我此时已泪流满面……

事情虽已过去三年多了，但直到现在，我那受伤的疤痕依然没有褪去，恐怕永远也不会褪去了。但它却告诉了我一个深刻的道理：无论做什么事都要三思而后行啊！

第四部分 听，心海在唱歌

观　察

谢康娜

在无意中，我发现了两颗红色的蛋，我想观察下吧！

第一天，一只蛋变成黑色，另一颗不变。

第二天，蛋里动静很大，好像长得很快。

第三天，里面出来两只像小鸡似的东西。

我就想给它们做个实验，我把那只从红色蛋里孵出来的东西分析了一下，这是善的代表，另一个则是恶的代表。我给善的东西里加了金钱，那善长大了，并长出了厚厚的毛。我给恶的食物中加入了纯朴，恶也长大了，不过有点奇怪，毛是乱七八糟的。

第四天，我给善吃的食物里加入了利益和欲望，善的毛变成了黑色，并长出了第三只爪子，恶的食物中加入了母爱和幸福，恶变成了红色，变得更大，有一米高了。

第五天，善的食物里加上了恨和无耻，善长得非常可怕，有六只眼睛和两只嘴。恶的食物中加入了心灵美，恶可以飞了，身上发出金色的光芒。

第六天，善长出了第二个头，看起来它快成恶的代表了，恶则成了善的代表。

第七天，善开始变小，恶则一扑翅，没有了恶的本性，成了善，善也在变化，没有了善的本性，成了恶。

第八天，恶变得更小，又成了以前一样的一颗蛋，善一扑翅，去拥抱蓝天去了。

第九天，我不想再让这个原本善的小生命再有恶的变化，于是给了它各种好的食物。于是，它长成了像孔雀一样美丽的动物了，也飞向蓝天去了。

我看了看我的观察记录，觉得人的本性是可以改变的，恶，也是可以变成善的。

　　如果我们都对任何人一样，让恶变善，那么世界就会充满了善，充满了爱，那么，这世界，就会变得更美好，生命，将大放异彩。

第四部分　听，心海在唱歌

雪化后变成什么

蔡文林

雪化后会变成什么？我相信很多人都能答出来——水，或者更科学一点的答案——水蒸气。

人们可知道，其实还有更好的答案——春天。

春天？没有人会想到这个答案，为什么呢？因为人们随着年龄的增长，心里想的东西不断地变得复杂，变得科学化。因此，原始的答案已渐渐地被人遗忘。

什么是原始的答案？其实很简单，原始的答案是人的思维萌芽前的童真行为的表现，这种表现多数出于小孩的心理。难道不是吗？因为小孩的思维是自然纯真的，对问题不作反复深入的思考，更不懂得把问题复杂化。而这种纯真成年人已经丧失了。

我相信，雪化后变成什么还会有更多更好的答案，有待人们去寻找，尤其是纯真且有灵感的小孩们，我相信未来的答案将比春天更美更好。

一堂让我受益匪浅的数学课

沈春豪

今天，我们的第一堂课照例是数学课，和平常一样，我拿出数学书，准备上课。

时间如流水，转瞬即逝，一会儿，数学课已经过去了一半。我不停地看着手边的橡皮泥，心想：偶尔不听又不要紧的，反正我的数学成绩也蛮不错的，一会儿时间对我的数学成绩肯定不会有什么影响的！"想到这里，我很是自豪。但我没有发现，有一种自满的心理正在我身上悄悄地滋生。

这真是听课者无心，上课者有意，就在我认真地摆弄橡皮泥时，老师早就发现我溜号了，于是，故意叫我起来回答问题。结果我回答得驴唇不对马嘴，一下子变成了一个大笑话，惹得同学们哈哈大笑起来。

老师没有笑，而是语重心长地对我也对同学们说："大家还记得那个关于欹的故事吗？不装水，它要倒；装满水，它也要倒，只有装适量的水它才不会倒。"说到这里，老师看了看我，继续说："人也是一个欹，不要自卑，也不要自满，你要做一个什么样的欹呢？"

老师的话掷地有声，让我猛然惊醒，是啊！学习可不是一堂课听不听的事情，而是一个人有了成绩能不能做到虚怀若谷。

这堂课让我牢牢记住了"谦受益，满招损"的道理，真是受益匪浅。

纸箱里的秘密

蔡 悦

星期四下午，耿老师捧着一个纸箱走进教室。同学们你看看我，我看看你，都感到十分纳闷：老师上课带纸箱来干什么呢？

耿老师好像看出了我们的心思，笑眯眯地说："老师在纸箱里放了一样宝贝，要想知道这纸箱里的秘密，得上来亲眼看一看，不过，有个条件，看完后不许向别的同学说出真相，下面的同学要注意观察上讲台的同学看纸箱的动作和表情。"

第一个被老师点到名的是张羽翼，我觉得她此时是世界上最幸福的人，可她却仍保持着"淑女风范"，慢吞吞地走上讲台，我心里默默念叨着："快呀！"只见她微伸着脖子向纸箱里一看，于是微笑着冲老师心领神会地点了点头。

第二个幸运儿是我们班的"篮球高手"吴光宇，正心急火燎的他一听到老师叫他的名字，高兴得手舞足蹈，一路小跑地上了讲台，伸长了脖子往纸箱里一看，惊讶地一吐舌头，然后用奇怪的表情看着老师。老师微笑着看着他，他搔搔后脑勺，然后笑嘻嘻地回到座位上。同学们都觉得挺神秘，有的伸长脖子，有的把手举得高高的，有的坐得特别端正，都希望老师点到自己的名字。

这时耿老师揭出谜底，只见箱底的硬纸上写着两个醒目的大字——"知识"。教室里立刻安静下来，鸦雀无声，每个同学都若有所思。耿老师语重心长地对我们说："好奇心是学习者的第一位老师。有了好奇心，就有了求知的欲望，才能产生急于打开知识宝库去探索奥秘的行动。"大家听了老师的话，纷纷点头表示赞同。

老师真是用心良苦啊！

拔 笔 帽

刘 瑞

吃过午饭，我来到教室，准备把课堂作业写一写。我从文具盒里拿出钢笔，谁料到笔帽拧不下来，仿佛焊在笔杆上一样。我着急了，中午语文、数学作业一大堆，这该死的钢笔却故意和我唱对台戏，难道想造反不成？

我不信一个男子汉连小小的钢笔帽也对付不了，让女生知道了，还不笑掉大牙？我左手使劲儿攥住笔杆，右手握紧笔帽，大喊一声"嗨"，笔帽纹丝不动。我以为是手心有汗，打滑，便用面巾纸反复擦擦手，本想这一次定能马到成功。结果仍然是瞎子点灯——白费蜡。

我急得像热锅上的蚂蚁，正巧何俊从身边走过，我想：何俊力气大，请他拔笔帽，保准小菜一碟。我就和何俊说了，他满口答应："小意思，马上帮你搞定！"何俊使出浑身的力气，双手左右开弓拔，没有作用。他不灰心，放下钢笔，两手对着搓搓，再次拔起笔帽，我也在心里为他加油。最后，大力士拔得脸都涨红了，还是无济于事。何俊不得不停下手，气喘吁吁地坐在座位上。

忽然，我灵机一动，对何俊说："我们一人抓钢笔一头，对拔试试。"何俊同意了。他拽钢笔杆，我拽笔帽，两人大腿还紧夹着课桌腿，拔得不亦乐乎，似乎正在举行一场精彩的拔河比赛，可是最终都输给了笔帽了。

我气得把钢笔往桌上一摔，嘴里骂道："什么破钢笔，今天我就让你下岗，放学去买一支新笔。"正巧吕志刚来了，问我为什么事情生这么大气。我把原因告诉他，他拿起躺在桌上的钢笔，左右轻轻旋转，咦，笔帽竟然拔下来了。也许是刚才摔在桌上时，笔杆和笔帽连接处松动了一些，所以容易拔。

看来，做任何事不仅要有毅力，更要讲究方法，不能蛮干啊。

鱼儿沉浮的秘密

田 双

你在7岁的时候知道鱼是怎样浮出水面，沉到水底的吗？那一年我知道了。

那是一个夏天，妈妈买了三条鲫鱼，放在脸盆里，准备晚上给我烧鱼吃，我开心极了。妈妈说："孩子，今天我就来考考你，看你能不能发现鱼是怎样浮出水面，沉到水底的，如果你没发现，你就吃不到鱼了。"我笑着说："想考我，没那么容易，小菜一碟！"

我拿了一个大浴盆，里面放满水，把其中一条鱼放进去，鱼儿游来游去，尾巴一摇，溅起了许多水花。我看了好长时间也没发现什么蛛丝马迹。到了傍晚，妈妈要杀鱼了，这下我惨了，我还没发现呢！妈妈望着我笑着说："你呀，都像一条鱼了。"听了妈妈的话，我这才醒过神来。

咦，妈妈从鱼肚里挖出的鱼泡泡，为什么这么鼓，不扁下去呢？我脑子里突然冒出这个问题，莫非和鱼的沉浮有关？我急忙去请教生活经验丰富的爷爷。爷爷抚摸着我的头说："这鱼泡泡呀，作用可大了，鱼儿就靠它才可以随意沉浮。如果泡泡扁了，鱼就沉到水底；泡泡鼓了，鱼就增加了浮力而浮到水面上。所以大多数的鱼是在它上浮时被抓的，泡泡扁了，沉到水底，那就很难发现它。"难怪我们看不到泡泡扁了的鱼呢！

嘿，我发现了。我感到格外开心。我把鱼沉浮的秘密一五一十地告诉了妈妈，妈妈说："等着吃鱼吧！"晚饭时吃着红烧鲫鱼，我觉得这鱼的味道怎么比以前的鲜呢？

中 国 结

周桂婷

每当看见我床头上的十二线中国结时，当初学编中国结时的酸甜苦辣一下子涌上了我的心头……

前几天，爸爸给我买了一本编中国结的书。我本认为编中国结只是小儿科，可没想到光找编中国结的材料便费了我一番工夫。一天的时间过去了，我买了一盒大头针，10米线，只差一小块泡沫板了。可是，去哪儿找泡沫板呢？我问完了所有我认识的人，没人给我答案。因此，曾有一段时间，我的世界堆满乌云，快乐像过冬的燕子一般，飞到了一个谁也找不到的地方。

终于有一天，我像哥伦布发现新大陆一般，在啤酒箱中找到了一块理想的泡沫板。我的世界一下子豁然开朗了……

097

我本认为可以大显身手了，谁知，麻烦的事还在等待着我呢！有一天，我正在编六线中国结，由于稍一马虎，把本应压在另一根绳上面的绳，穿了过去，编错了一环。可是我全然不知，依然满怀信心地"闯"过一关又一关，而且把最难的一小部分完成得非常正确。正当我得意扬扬地整理中国结，打算拿出去炫耀时，才发现最初的一环给弄错了，可惜为时已晚，我愤怒地把中国结拆开，扔在地上。可没多久，心里的不甘战胜了愤怒，我可不想这么半途而废，于是又拿起了折磨我的红线绳。

"日日行，不怕千万里；常常做，不怕千万事。"这句话说得真好，经过我努力，我笨拙的手变得灵活起来，从编四线中国结，变成了编十二线中国结。我不但学会了编中国结，也喜欢上了编中国结的过程，是它磨炼了我的耐心和恒心！

会游动的纸鱼

周　凯

　　鱼儿会在水里游动。这是我们大家都知道的。可是，你们有没有看见过会游动的纸鱼呢？没有吧！如果你能跟着我一起做一个实验，你就一定会看到了。

　　做这个实验要准备好一盆水，一张卡片纸，一把剪刀，一个油画棒和一点油。准备好了吗？下面我们要开始了。

　　我们首先要在卡片纸上用油画棒画一条鱼，然后把鱼剪下来。接着在鱼鳍的部位剪出一个圆洞和一条与鱼尾巴相通的"水道"。好，现在我们要把鱼轻轻地放在水面上，可千万要注意，别让鱼的上面沾上水哦！最后就要把油小心地滴在圆洞里。这时，你就会看到鱼儿开始向前游动了。看到了吗？

　　想知道为什么吗？我告诉你们吧：因为油比水轻，所以能浮在水面上。滴在圆洞里的油，只能沿着"水道"向外，也就是向后流动。那么，油的反作用力就推动纸鱼向前游动了。

　　你们觉得这个实验有趣吗？

皮皮的烦恼

罗　艺

这天，阳光灿烂，万里碧空没有一丝云，太阳高高地挂在蓝天上，小狗皮皮约了几个小伙伴到草地上做游戏。大家都玩得很高兴，边唱边跳，不久大伙儿都玩累了，便在榕树下休息。

皮皮热得伸出长长的舌头，大口大口地喘气。突然小兔闻到一股臭味儿，马上捏紧了鼻子，扫兴地说："哪来的臭味儿呀？"大伙儿也都紧跟着捏住鼻子，站起身来到处瞧……原来是皮皮舌头的味道。大家都埋怨皮皮没有教养，休息时，不仅露舌头有伤大雅外，还难闻死了。皮皮一听，心里十分伤心，着急地说："我也不知道我为什么会这样，妈妈热极了的时候也是这样子的。"大伙一听，都感到很奇怪，决定问个究竟。

于是，大伙儿跟着皮皮来到它家。一进门皮皮就大声说道："妈妈，我们天热时，怎么老伸出长舌头，还会发出怪味儿呢？"妈妈听到后，摸了摸皮皮的头说："孩子，人和哺乳动物的体温都是恒定的，如果在炎热的夏天或剧烈运动之后，体内多余的热量就要通过出汗的方式散发出去……""可我们为什么不出汗呢？"皮皮急切地打断了妈妈的话问道。"这正是关键所在，因为我们只有鼻子尖上有那么一丁点儿汗腺。所以，当我们感到热时，为了维持正常体温，我们就只能伸出长长的舌头，大口喘气，将体内多余的热量散发出去。至于臭味儿嘛，那肯定是因为你长期没有漱口、刷牙……""快别说了，我今后一定天天漱口、刷牙……"皮皮脸红着说道。

"喔，原来如此！"从此大伙儿再也不说皮皮张着嘴巴，露着长长的舌头乘凉难看了。

第四部分　听，心海在唱歌

水果中的传染病

张 尹

爸爸买来了一箱猕猴桃，我可是家里的小馋猫，打开纸箱就拿了一个，却发现猕猴桃硬硬的，去掉皮咬了一口。"呀，酸死我了！"我忙吐掉。爸爸笑了，说："要等几天，待猕猴桃变软了，才好吃呢。"

过了几天，妈妈又买了一箱苹果，她吩咐我别忙着吃，先把苹果倒出来，拣一拣是否有烂的。我说："烂的就不吃呗，放里面怕什么。"妈妈说："那可不行，不把烂苹果拣出来，会引起一箱苹果的腐烂。""哟，还会传染呀！"妈妈笑着说："对，所以你要先拣后吃。"

我从中拣出两只烂苹果，刚要扔掉，妈妈又喊道："别忙扔！你不是想早点吃猕猴桃吗，把烂苹果放在猕猴桃箱里。"我疑惑地问："那不会引起一箱猕猴桃的腐烂吗？"妈妈说："不会，烂苹果会帮你把猕猴桃尽快变软。"

同样是烂苹果，怎么一会儿能引起一箱水果的腐烂，一会儿却帮助另一箱水果变熟呢？妈妈说不出所以然。我查了许多资料，终于找到了传染病的病因。

原来，烂苹果会释放出乙烯，这种乙烯能使周围的水果加快成熟，成熟的水果又产生了大量的乙烯，引起其余水果的成熟。这是由于在它们成熟前果实内部有一个乙烯产生的高峰，促使了果实的呼吸，成熟就逐渐完成了。这就是为什么烂苹果会使猕猴桃更快地变软。可是，在贮藏水果时，烂水果产生的大量的乙烯，促使其他水果加速成熟，就不能使水果长时间保存。所以，必须及时将烂水果除去，否则就会传染给其他的水果啊。

真想不到水果中也有传染病，真是太神奇了！

巧"撕"邮票

高婷婷

不知何时，邮票上那精美的图案深深地吸引了我，从那时起，我就开始了集邮，不过受经济条件的限制，目前所集的邮票大都是从信封上撕下来的。尽管我每次都小心翼翼，但撕下来的邮票不是缺胳膊就是少腿。

那天上午，老师给了我一个信封，我一眼就相中了那信封上两张精致的邮票，这可是我邮册里没有的！我一阵欣喜，伸手就撕。老师一看连忙制止我："我教你一招。你回家把邮票……"我听了点了点头。

中午放学后，我一回到家，就迫不及待地拿出信封，又拿出一个杯子，倒了些开水，把邮票连同信封剪了下来，放进杯子里。我瞪大眼睛盯着水里的邮票，邮票仍然紧紧地贴在信封纸上，一分钟、两分钟，五分钟过去了，我等待着奇迹的发生，可是……"老师不会骗我吧？"我拿来镊子，夹住信封，把它从水里拎了出来。

"哇，掉啦！"我禁不住大喊起来。我高兴地拿着两张湿漉漉的邮票，手舞足蹈起来。紧接着一个问号在我的头脑中产生了，"粘得那么牢的邮票，怎么被水一浸，它就掉下来了呢？"

下午，我来到学校问老师，老师告诉我，这邮票背面涂有一层薄薄的胶，叫"聚乙烯醇"。新邮票只要抹上少量的水就可粘在信封上。老师还拿出一张邮票试给我看。要是水多了，这胶就被稀释溶解掉了，也就没黏性了。老师还说这邮票上的知识多着呢。

真没想到，撕邮票看起来这么简单的一件事，竟有那么多的学问，我一定要好好去学。

会变化的影子

吴梦莹

暑假里的一天晚上，我们一家人打开空调，悠闲地欣赏电视节目。忽然停电了，四周一片漆黑。我怒气冲冲地说："这么热的天还停电，还让不让人活啊？"妈妈马上点燃蜡烛，我们只好用扇子一下一下地摇个不停。

这时，我发现墙上的影子也在那里动。那大大的脑袋，胖胖的身体，真是滑稽。于是，我就叫弟弟和我一起玩。我对弟弟说："我想到了一个好玩的游戏。"弟弟迫不及待地说："什么游戏？快点告诉我啊。"我悄悄地说："我们来比谁的影子高。"弟弟兴致勃勃地说："好啊。"我和他对着墙并排站着，我大喊："我的影子高！"可是，我往前走了一小步时，我的影子却比他矮了一大半。我感到莫名其妙，可他却乐得一蹦三尺高，嘴里还不停地喊："我比你高！我赢了！姐姐你输了！"还趁机刮了我一下鼻子。我感到疑惑不解，自言自语地说："为什么站得离烛光近的比站得远的影子要长？"

我带着这个疑问去请教爸爸，爸爸对我说："人离光越近，墙上的影子就又高又大；人离光越远，墙上的影子就又小又短。当你站在路灯底下，你就会发现自己的影子缩成一团踩在自己脚下，当离开时影子又会慢慢变长。这是因为光照的距离和角度不同。"

"来电啦！"不知谁喊了一声，我们高兴得跳起来，墙上的影子没了。

虽然我热得满头大汗，但我还是很高兴，因为我懂得了影子变化的科学道理。

第五部分

面朝大海，春暖花开

　　春雨又下起来了，我撑起雨伞漫步雨中。春雨真细啊！细如奶奶绣花的丝线；春雨真柔啊！柔似随风飘拂的柳丝。天地万物尽情地吮吸着这甜美的甘露。你看，芦荟绿得更翠了，茶花红得更艳了，迎春花黄得更亮了，玉兰花白得更纯了……

　　　　　　　　　——王明琦《春天到江南来看雨》

神奇的响石山风景区

朱柳怡

仙居西部后山根村的北面有一座山，名叫响石山，山里流传着一个神奇的故事。很早以前，有一位诗人在山上因欣赏美景而迷了路，饥肠辘辘又找不到吃的，无奈之中把路上捡起的一块会响的怪石含在嘴里充饥，结果，肚子意外地不觉得饿了。后来，人们就把这座山叫作"响石山"。

一个晴朗的星期天下午，我怀着十分好奇的心情和爸爸妈妈一起去响石山游玩。

我们走进景区来到"五福谷"，只见谷中溪流潺潺，山雀啾啾，两旁悬崖碧潭，怪石嶙峋，有的像双狮争雄，有的像大象吸水，有的像金猴迎宾……奇妙万状！

出了"五福谷"，我们拾级而上来到山顶，看见一片好大的果林。梨树花如雪，桃树笑红了脸，红、白相衬，真是美不胜收！我想：等到了秋天，果子成熟挂满枝头时，又该是一番怎样迷人的景象啊！

顺着潺潺的溪水往前走，一条瀑布扑入我的眼帘。那瀑布从一眼看不到顶的山上笔直冲泻下来，壮观极了。我不禁吟起了李白的名句"飞流直下三千尺，疑是银河落九天。"站在瀑布前，听着哗哗的流水声，感受着阵阵凉意，心中什么烦恼都会被冲得一干二净。爸爸深吸了一口气，感叹地说："要是能在这里好好地住上一阵子，该有多好！""好啊，我陪你，爸爸。""你们爷俩别陶醉了，再不走，天就黑了。"妈妈拉起我的手往前走。

由于时间关系，好些景点我们都没游到，等找个空闲的假日，我一定要约上几个要好的同学，再来好好地游上一天。

大连印象

路易佳

暑假，和妈妈去大连和山东半岛。我还是一贯做法：多拍照或尽可能录像，多带纪念品。妈妈最大限度地满足了我。

图片中的大连，用丹麦童话《海的女儿》来比拟那是再恰当不过：她头枕东北之海上门户，与山东半岛遥遥相对，又与天津港隔渤海相望，正像由尾化腿、横卧在渤海边上的一条美人鱼。

只是建大连港的并不是中国人，1898年，大连港由俄国人建成。《海的女儿》在丹麦是昨天的童话，而在中国北部的、曾经沧桑的大连，却造就了今天的童话：老虎滩极地海洋馆、棒槌岛天然浴场、韩国城、国际服装节，足以证明大连的国际化。大黄花鱼、牛头螺、深海带鱼、蛤蜊、铁板鱿鱼等不尽的海鲜之美，还有国际啤酒、洋酒节及各种国际会议在大连召开的彩幅飞舞。因此，我们有理由热爱大连！

在图片上我还看到了俄罗斯一条街，随处可见金发碧眼的俄国美女，表情不咸不淡，偶尔用我们听不懂、感觉却短而硬的俄语交谈。

夜深了，面前一大堆大大小小的木制俄罗斯套娃娃相继摆出，还有俄式手表和紫金小饰物。偶尔回头，电脑上大连的录像光盘正播放到船只离港时间，背后一片灯火辉煌……美哉！大连。

105

第五部分　面朝大海，春暖花开

第一场雪的快乐

宋奕瑶

"大懒虫，起床了，天都亮了。看，外面都下雪了。"妈妈生气地说。

"真的吗？"

我飞快地从被窝里跳出来，蹦到窗台上，来看这美丽的雪景。

哇，真的太美了，这可是今年的第一场雪呀！

我赶忙穿好衣服，吃饭，然后背上书包，像箭一样飞出家门。我见路边有一堆雪，就抓了一把，弄成小圈圈。

徜徉在雪的世界里，我太高兴了！每堆雪看起来都干干净净的，她好像是嫌我们的地球灰尘太多，才轻轻地飘落下来，净化空气，让灰尘不再胡乱地往我们的鼻子里、嘴里、头发里……钻！这样，让我们呼吸到的空气清清爽爽，身体健健康康。

我快快乐乐、开开心心地走到校园。

到了学校，同学们的着装也变得很有意思了！一夜之间，都胖了起来，像北极的小熊，南极的小企鹅，像充了气的小气球！走起路来，小心翼翼的，每迈一步，都像小雪花一样轻轻柔柔、软软绵绵的。

第一节下课了，同学们都快速地跑到操场来玩雪。我和几名同学堆雪人，我负责运雪。尽管天气很冷，很冻手，但我觉得非常好玩，有时太累了还在雪地上滚一会儿，真有趣儿。我运了很多雪，堆出来一个圆滚滚、胖乎乎的雪娃娃！正玩儿得高兴，忽然，铃声响了，我们只好进入教室。

啊！雪真好玩。

感受狂风暴雨

王苏瑶

夏日的一天，天气异常闷热，没有一丝风，热得让人透不过气来！

傍晚，我骑车回家，天空中灰蒙蒙的，乌云低低地滚动着。眼看一场暴风雨就要来临。我怕极了，拼着命猛蹬自行车。骤然间，暴风席卷着灰尘猛烈地袭来，天空一下子昏暗了下来，叫人分不清哪是天，哪是地，我的身后也像是有一只巨手在把我往后拉，我可从没感受过这么大的风。

完啦，偏偏是顶风，尽管我站起身子，屁股离开坐垫，用身体的全部重量蹬着自行车，可车子还是不愿向前。这样挣扎了一会儿，只觉得两腿发软，我的力气快用光了，只得下车，两手扶着车把，埋着头，大口大口地喘着气。

狂风卷着灰尘铺天盖地地向我袭来，我的眼睛都睁不开了，这时只有一个想法——赶快回家。我推着车一步一步艰难地向前。阵阵狂风越刮越大。塑料袋被吹起来了，在天空中疯狂地飞舞着；绿化带中的小树苗哪是狂风的对手，已把"头"垂到地面，像是在向大风求饶；而大树此时却像狂风的伙伴，奏着哗哗作响的"音乐"，渲染着气氛；路边的电线，拼命抵抗着狂风，发出"呜——呜——"的哀号；刚才还在天空臭美的风筝，个头小的纷纷打着旋儿栽了下来，有的干脆挣脱主人牵着的线，扭动着身子飘向远方；大个的板鹞风筝，在天空中东摇西摆，两条岔开的尾巴像两条蛇舞动着，"嗓子"也变得嘶哑了，好像在说："我受不了啦，快把我收下吧！"……

我好不容易回到家，风更大了，"哐当！"楼上传来玻璃破碎的声音。呀，窗子没关好，迟了。突然，昏暗的天空中电光一闪，将黑暗的天色劈成两半，像一条巨蛇舔着信子，告诉大家："快把耳朵塞住，雷大哥要来了。"

"轰——轰——"雷声紧跟着闪电，震耳欲聋。几只小鸟偎依在一起，

吓得躲在屋檐下"叽叽喳喳"地叫着，好像在说："好可怕呀！"我透过窗户向屋外望去，豆大的雨点兄弟们，从雨妈妈的大黑口袋里溜了出来，哗啦啦地来到地球上来凑热闹了。它们调皮极了！有的"啪、啪、啪"地敲打着窗户，好像有种不把玻璃敲碎不罢休的架势；有的跳进水沟，一下子钻进水里，然后吐出一个个水泡，就和鱼儿一起玩开了；有的则投入大树的怀抱，在树叶上蹦啊，跳呀，好不快活！又一道闪电，照亮了对面的屋顶，琉璃瓦上，雨点跳着欢快的踢踏舞，"舞台"上笼罩的雨雾伴随着"啪啦、啪啦"的踢踏声，多么美妙。远处的景物看不见了，近处的景物也看不清了……

一阵狂风暴雨过后，天有些亮了，我走出来，呼吸着湿漉漉的清新空气，感到清爽极了。

观 日 落

陈晓玲

吃过晚饭，我们一家人爬到楼顶欣赏美丽的日落。

抬头看，那淡蓝色的万里晴空，像平静的大海似的，一望无际。接着，天空由淡蓝色变成了深蓝色，就像画家用蓝色的画笔层层加深似的。太阳悄悄地躲在一幢幢高楼大厦间的缝隙之中，好像一位害羞的小姑娘似的，露出小半边红彤彤的脸。过了一会儿，夕阳镶嵌在西边几幢房子旁边，发出耀眼的光芒。顿时，它身边的天空呈现出黄里透紫的美丽色彩。这时，不仅是大楼、树木，连我们也成了光亮的了。

又过了一会儿，太阳光逐渐变弱，可它的脸颊更红了，像一个大火球，向着天空，向着地面，向着那一幢幢高耸的大楼，喷射出红艳艳的光芒。天边的晚霞，慢慢地扩大范围，而且在不断地更换着锦衣，先由粉红色变成大红色，最后又变成紫檀色的了。刹那间，艳丽的晚霞弥漫了大半个天空，像铺开了一幅巨大的、瑰丽的丝绸。

太阳慢慢地从楼房后退去，而后，便消失得无影无踪了。它身边的晚霞，也失去了最后一丝余晖。天空的颜色逐渐变暗，变暗……夜幕降临了。

眼前的美景如诗如画，令人心醉。我们舍不得告别这醉人的日落，仍痴痴地站着、站着……

果戈里大街之夜

王博宇

五一长假的一个晚上，我随同爸爸、妈妈到果戈里大街走了一遭，真是令人大开眼界啊！这里的夜景真是太美了！

夜幕降临的时候，站在果戈里大街上，你会发现，这里到处灯火通明，霓虹闪烁，简直是一个五彩缤纷的世界，尤其一些商家把自家的广告牌做得栩栩如生，除扩大了自己的影响外，也为果戈里大街增添了几分生气。

过往的车辆川流不息。大街上人流涌动，忙碌了一天的人们，紧张的心情此时才得以松弛。街道两旁有许多俄罗斯建筑风格的酒吧，即使不会喝酒，也会到门口转转，感受一下异国的情调。亚细亚电影院依旧保持着它那古老的建筑风格，虽然电视已走进千家万户，但仍有一部分人对电影情有独钟，依旧坐在影院里陶冶情操，别有一番韵味。街道中心的小火车满载着游客，犹如一条长龙穿梭在果戈里大街上，又为果戈里大街增添了一道亮丽的风景线。

我沿着大街往前走，来到了俄罗斯河园。一条深深的大河上一只只帆船、小船停泊在上面，游人三五成群地在划船，多么悠闲自得啊！河园里还有一个大喷泉，共有三层，每层都有很多个喷水柱，最上面一层的大喷水柱约有四十厘米粗，喷溅出来的水花异常美丽！只见它时而高，时而低；时而向左倾斜，时而向右倾斜；一会儿像绽开的花朵，一会儿像几颗流星直滑向地面。我倾听着喷泉发出的哗哗声，好像在为我演奏似的，让我心旷神怡。

啊，我被果戈里大街的美景深深地陶醉了，简直忘记了归途。心中不由得赞叹道：哈尔滨真美，果戈里大街之夜更美！

写给窗外的水杉

阚亚琪

　　水杉树哟，我要离开母校，再不能和你在一起了。想起六年来的每一个日子，真的舍不得和你分离。

　　水杉树哟，是你让我懂得了坚强。那次，我考砸了，泪水直在眼眶里打转转。老天似乎也为我伤心，下起了暴雨。狂风夹杂着雨点，似乎要把一切吞没。我无意间看了看窗外，许多树都被吹弯了腰，几棵小树的枝丫断了。唯独你，在暴风骤雨中顽强抵抗，你没有弯曲。我手捧试卷，豁然开朗，明白了在挫折面前，要奋勇拼搏。望着窗外的你，我握紧了拳头，一定要像你一样顽强，不屈不挠。

　　水杉树哟，是你教育我要做一个堂堂正正的人。那天傍晚，我刚想抄袭同学的作业，突然发现了你。你挺立在窗外，如一把利剑，直插云霄。微风中，你的身影在轻轻摇曳，仿佛在对我诉说什么。我一下子明白了：这样长大了不就成了一棵"歪树"？我立刻停止了错误的行为。水杉树，是你，让我知道要做一个立得正、行得端的人。

　　水杉树哟，是你让我懂得了无私奉献的可贵。这学期，学校组织了"为盛海燕同学捐款活动"，在我犹豫时，看见你的同伴一个个倒下，做建材，变柴火，却毫无怨言，你也挺直身子，做好牺牲的准备。我猛然醒悟，也奉献了自己的一份爱心。谢谢你，水杉树，是你让我懂得了助人为乐的意义。

　　水杉树哟，你的坚强不屈、正直无私，启迪我怎样做人。在这即将离别的时刻，让我再摸一摸你坚韧的树皮，闻一闻你芳香的气味，轻轻地对你说一声——谢谢！

第五部分　面朝大海，春暖花开

菊 花 展

曹译丹

今天天气非常好，爸爸妈妈决定带我去儿童公园看那里的菊花展。

公园里可真热闹，树丛下、草地上，到处都是人。大人们三五成群地在一起下棋、打扑克，也有很多家长带着小孩子在草地上野餐，更有不少老年人聚在一起说说笑笑。

我们直奔目标——菊苑。进了菊苑，里面真是别有洞天，真是一个菊花的世界，菊花的海洋。我们徜徉陶醉在这个花的世界里，真是流连忘返。我用手中的数码相机记录了这一幅美丽的画面。菊花不但艳丽，名字也非常特别，比如："雪狮、白猴子、开尤茜官、玉楼人醒、玉楼人醉、白牡丹……"我最喜欢"银线垂珠"，它是白色的，每个花瓣都是细细的，柔软地垂下来，像一根银色的线，线下面有一个发黄的小毛珠。从远处看，像一个个小星星，我想也就是因为这个，它的名字就叫银线垂珠了吧！

我们还看见一个用各种菊花做成的"和平使者"，大小同真人一般。她的衣服是菊花，穿着一件洁白的纱裙，手里拿着一个"五环奥运"，眼里充满了渴望的眼神，她一定是在期盼让世界充满爱。

不知不觉已经是下午三点多了，爸妈给我买了一盆"开尤茜官"。在回家的路上，我还一直想着那些美丽的菊花，想着那个带给人类希望的"和平使者"。

老 屋

程勃文

外婆家的旧房要拆迁换新房。这所老屋，只是一间平房，屋前有一片土地，里面种着外婆亲自栽培的柿子、葡萄、黄瓜、大葱……院子边放着一个大缸子，里面养着许多金鱼。每天早晨，外婆都要在自己的"植物园"、"动物园"里散步，看着自己种的菜，闻着自己精心培育的花的芳香，又给自己一手养大的鱼儿们喂喂食儿，我想她的心中总是洋溢着一种莫名的快乐吧。

这儿，就是我生活六年的地方。又是一个六年后，十二岁的我再次站在了这里。

走进门，屋子没有什么华丽、奢侈的摆设，只有一些普通得不能再普通了的电器、家具。我在第二个房门前停下了，这是我以前的房间，门上还贴着两张纸，一张上是汉字，另一张上面是阿拉伯数字。这使我想起了小时候的事情……

四岁那年，外婆开始教我背古诗、识汉字、记数字。每天都要读一遍汉字表和数字表，也就是门上的那两张。小时候的我很笨，发音不准，记忆力又差，很多时候都把"鹅"读成"ne"，数完"50"后，就数到了"71"。可是，外婆每次都会耐心地纠正我……

推开房门，一阵清风吹来，我卧室里的摆设仍没有变，未搬走的书柜上还摆着我喜欢看的书。《阿里巴巴与四十大盗》还放在原位，顺手翻开了一本《阿凡提》，在扉页上，有四个十分稚气的字"我爱我家"……

此时，我已坚信：当我七十岁、八十岁，甚至九十岁时，老屋的样子也会永远记在我心头。

夜悄悄地来了。我和爸爸要回家了。我对着老屋大声喊道："老屋！再见！"

第五部分 面朝大海，春暖花开

星期天的小溪

缪丹桦

星期天的小溪是我的小溪。

清晨，我沿着蜿蜒曲折的小径，踏着绿毯似的草地，穿过茂密的竹林，来到小溪边。溪水叮叮咚咚，像是仙女正在溪边弹奏；溪边空气清新，让人心旷神怡。坐在溪边，我捧着心爱的《格林童话》进入美妙的仙境，在一座美丽的森林里，我正和白雪公主、七个小矮人在玩耍，我们唱啊，跳啊，玩得开心极了……

星期天的小溪是我的小溪。

我邀了几个同学，一同在溪边的竹林里挖笋。看，丁丁正起劲儿地挖着，瞧他那模样——变成了一只大花猫，逗得我们捧腹大笑。我们还在溪水里摸鱼，在溪石里翻石蟹，快活又舒畅。

114

星期天的小溪是我的小溪。

小溪是我的好朋友，我在溪边扑五彩缤纷的蝴蝶，和小溪留影……每当老师让我们朗诵比赛时，我总会先朗诵给小溪听。只要我朗诵得好，小溪会"哗哗"地为我鼓掌；六一快到了，要表演节目了，我总会先排演给小溪看。小溪"叮叮咚咚"地为我打拍子，好像在说："你表演得真棒！"每当我有开心的事情时，我总会第一个说给小溪听……

啊，星期天的小溪是我的小溪。

热情的大海

秦 律

在我的书桌上摆着一个精美的贝壳，我十分珍惜它，因为它给我留下了一段美好的记忆。

记得去年暑假，我和学校的老师、同学一起来到了青岛旅游，从此以后，这个蓝色的世界一直印刻在我脑海里，耐人回味。

那天一到海边，我们这群"小淘气"就迫不及待地脱下鞋，赤着脚丫冲进了海水里。啊！那感觉，爽！我们开心地在水中嬉戏着，任由浪花调皮地飞溅在自己脸上、身上。呵！青岛有热情的人民，还有这么热情的大海。我们在水中蹦啊、跳啊！直到玩累了，疯够了，才坐在沙滩上休息。同学们有的在海浪冲刷过的地方捡贝壳，有的挖开石头，寻找小螃蟹的踪迹，还有的实在累极了，干脆躺在沙滩上呼呼大睡。那情景实在是有趣呀！

115

我最喜欢静静地坐在沙滩上，看大海。天是蓝的，海也是蓝的，低翔的白鸥掠过蓝蓝的海面，真让人担心那洁白的翅尖会被海水蘸蓝了。远处，渔船、游轮数不胜数。傍晚，人们漫步在海畔，微风吹拂着少女们美丽的秀发，海浪拍打着人们的脚背，那是一幅多么美丽、多么动人的画面呀！我留恋青岛，留恋青岛的海，留恋青岛蔚蓝的天空。我在大海前许过愿：长大以后，我要再次到青岛来玩，因为它给了我童年时代一段美好的记忆！

临走时，我悄悄地对大海说："再见！美丽的青岛。再见！热情的大海！长大后我一定会出现在你们面前！"

如花似锦的朝霞

朴春子

朝霞，给我的第一感觉就是朝气蓬勃，色彩光艳，它给人以美的感受，它能让人陶醉在美妙的幻境之中。我爱朝霞，它犹如一面天空与太阳混合而成的镜子，展示出一种时隐时现、隐隐约约的幻影。

我爱这如花似锦的朝霞，此时的它悄无声息，多么像辽阔无边的夜空啊！群星璀璨，星光相伴，人们在月夜里散步，孩子们在月光下读书，这是一个多么美好的夜晚呀！在月光下，在群星中，在浩瀚无边的夜空中，我们身边的一切，都变得那么神奇，那么舒畅，那么美妙，就像童话《月光下的一切》中的情景那样，在月夜里，我们就像无数繁星中的一颗，在广阔夜空的笼罩里，在宇宙的怀抱中，静静地进入那更加神奇、更加神秘的美梦中。

我爱这如花似锦的朝霞，晨风乍起的时候，它是多么像如丝如缕的春雨啊！春雨潇潇，如诗如画，它寄托着人们美好的愿望，它意味着万物的繁衍生息，它更牵连着一年中的丰收图景，植物们吸收它甘甜的泉水，树木抽出新的枝芽，长成一望无际的田野，丰收的喜悦又荡漾在人们脸上。

我爱这如花似锦的朝霞，它多么像我们可爱的校园啊！从日出之时到日落之际，这里都是最具青春活力的地方，孩子们的欢笑声、跳跃声、嬉笑声是最纯真、最清脆的声音。每当初阳刚刚照进我们的校园，一群活泼可爱的小学生就会精神饱满地来到学校上晨读，他们朗朗的读书声伴随着清晨那熹微的晨光，一同迎接美好的未来。

我爱这如花似锦的朝霞，它与我心中那颗冉冉升起的太阳互相祝愿着，深情地凝视这个充满永恒活力的美好家园。

116

山林的早晨

王洁莉

这又是一个美好的早晨，我早早地起了床，随奶奶一起上山采茶叶。

一路上，我发现那上山的小路就像一条弯弯曲曲的小溪，湿漉漉的。不一会儿，我们便来到了茶园。"哇！好新鲜的空气呀！"我听着小鸟的欢叫，闻着花儿的芳香，仿佛进入了神秘的仙境，顿时感到心旷神怡。

突然，一片红云展现在眼前：哦，太阳出来了，新的一天又开始了！小道上热闹起来了，茶园里热闹起来了。人们说的说，笑的笑，笑容比朝霞更鲜艳、更灿烂……

这时候，小蜜蜂们、小蝴蝶们也成群结队出来忙碌了，它们时而围成一圈，好像在说悄悄话；时而又一哄而散，飞到小溪边的花草上，随着微风翩翩起舞……

阳光照在头顶上，暖洋洋的。咦，那小露珠呢？哈哈！原来被太阳公公抱走了！

一阵凉爽的风吹来，山脚下升起了一只只五彩缤纷的风筝：有蝴蝶风筝，有"鹞鹰"，有"孙悟空"……真好看！

山林的早晨真美啊！我爱你——山林的早晨！

117

田野的小草

赛晚焱

晚饭后，为了完成一篇自由命题作文，我漫步在田间的小道上寻找"灵感"。春雨默默地飘洒着。细细的雨扑到脸上，凉丝丝的，十分惬意。路边茂盛的白杨树迎着微风轻轻地摆动着，小道上湿漉漉的石子亮晶晶的。

我漫步在田间的小道上，久久地凝望着田野里的小草。小草，在春日里，吸吮着汩汩的甘露；在炎夏中，沐浴着融融的阳光；在秋风里，舒展丰茂的枝叶；在冬雪里，编织起甜甜的美梦……

我知道，草有草的先天不足，它不能长成参天大树，更不能被当作栋梁使用。然而，我却相信草有草的精神，草有草的价值，草有草的情愫。

草，貌似柔弱，其实坚韧，它有着顽强的生命力，即使被牲畜的铁蹄践踏了，被酷热的气浪吹蔫了，或被严酷的霜雪冻伤了，它也并不悲伤，它与泥土紧紧贴在一起，积蓄着力量，期待着新春，"野火烧不尽，春风吹又生"，便是它生命力的写照。

小草有着慷慨的献身精神，只要对人类有益，它甘愿鞠躬尽瘁。如果能肥田，它愿被埋没；如果能垫路，它甘愿被践踏；如果能发热，它乐于自我燃烧……它用自己的身子和生命的光彩，装点了大地，却不奢求人们对它的赏识与重用，更不祈求诗人、歌手对它的礼赞。这便是小草的情愫。谁能说它的情愫不高尚呢？

想到这里，我大步走回屋里。在明亮的灯光下摊开作文纸，满怀激情地在第一行端端正正写上五个字——田野的小草！

我喜爱的花——蜡梅花

钱满舟

寒风凛冽的冬天悄悄降临了，院子里的蜡梅花悄悄地绽开了花苞。蜡梅的芳香之气被风婆婆吹进了屋子。屋里，静悄悄的，只听见细微的"沙沙"声，那是我在扑鼻的蜡梅花香中，心旷神怡做作业时铅笔发出的声音。

蜡梅的幽香吸引我走进院子里。院子里有些空荡荡的：吊兰、文竹和其他植物早早地搬回了屋里，它们是经历不了冬日的严寒的！此刻也只有蜡梅放俏枝头，细小的花瓣不时吐出阵阵幽香，它仿佛是这寒冬中的巾帼英雄。

我轻轻地摘了一朵蜡梅，它是淡黄色的。真不知道冬姑娘是如何调制出这种黄色的。如果再淡一点，就没有蜡梅自身的馥郁与芬芳；如果再深一点，就没有蜡梅自身的纯朴和淡雅。这种颜色真是妙不可言！蜡梅的花蕊微红，既清新又俊美。虽然蜡梅没有绿叶作陪衬，但是仍然不失它那挺拔、纯美的本色。

不知什么时候，我手中的那朵蜡梅花竟随风而去。我追随着它，那朵蜡梅花落在一个不起眼的角落——墙脚边的泥土里。待我正准备离开时，忽然想起《己亥杂诗》里脍炙人口的千古名句——落花不是无情物，化作春泥更护花。这使我对蜡梅花肃然起敬。

忽然，一个深刻的道理在我脑海里油然而生：蜡梅花默默无闻地奉献，尽管人们常常把它从名贵花木中遗忘，但是它丝毫没有抱怨人类对它的不公，反而继续无偿地奉献，让越来越多的人能够欣赏蜡梅，细细地品味蜡梅，闻到它的幽香……

我爱蜡梅，爱它默默无闻的奉献精神，更爱身边像蜡梅一样默默无闻而辛勤工作的人们！

119

第五部分 面朝大海，春暖花开

我眼中的草原

蔡加淇

来到成都武隆的草原之后，我才领悟到什么是粗犷的美、豪放的美。

初到草原，放眼望去，碧绿的草滩上零零散散坐落着一些小楼，远处的树木之间似乎没有缝隙，一棵挨着一棵，万山苍翠，连绵不断。天上的白云和地上的美景合为一体，令人产生"人在画中游"的幻境。

来到草滩，我迫不及待地躺到地上，感受草儿的柔软，享受草儿的清香。看着左右两边，我发现这些小草充满了活力，它们挺立着身子，似乎在说："我要长高，我要长高，我要看到更远的风景！"

"呼——呼——"风吹起来了，它们调皮地跑到我的袖子里。我不得不从草滩上爬起来，把所有的扣子扣好。当我抬起头，我看到了长得高大挺拔的树木，它们虽面对强风的"侵袭"，却纹丝不动。我暗自佩服：在海拔一千八百多米的地方，这些树竟然不畏严寒，还长得葱葱茏茏。有毅力！

突然，一只风筝"升天"了。地上的人儿拽着线狂奔，天上的风筝也不负众望，飞得好高好高。这使我想起了课文《理想的风筝》，想起了那位热爱生活、追求理想的老师。是啊，任何生灵都有理想：雄鹰的理想是飞得更高，科学家的理想是发明出高科技产品……我想，这满地的草和这漫山的树都有个共同的理想：不为风低头，不为雨折腰，要快快地长，快快地长。

我终于领悟到粗犷、豪放的美的精髓：坚韧不拔的意志和毅力！

乡村晨景

王玥琦

　　乡村的早晨多么恬静，一条弯弯的小河绕过村庄，那河水真清啊，清得仿佛可以看见河底的沙石。小鱼们在水中欢快地追逐嬉戏。小河上横跨着一座弯弯的人行水泥桥，不时有一两条小船从弯弯的桥洞中缓缓地划过。太阳慢慢升起，灿烂的光辉给乡村的房顶、河边的花草、远处的田野镀上了一层金黄。早起的阿公已经提着水壶给花儿浇水了。狗宝宝正甜甜地吮吸着妈妈的乳汁，老母鸡带着小鸡们悠闲地寻找着食物，鸭妈妈领着自己的宝贝在河中安静地游来游去，连枝头的小鸟也静静地享受着梦中的温馨……田野里，早起的农民伯伯正弯着腰小心地采摘蔬菜。

　　乡村的早晨是热闹的。乡村里的人特别勤劳，人们都早早地起床干活。乡间小路不宽，但是人很多，一路来到菜市场，只见市场两边琳琅满目地摆放着农家自产自销的农副产品，碧玉般的白菜、翡翠般的青椒、红艳艳的西红柿还带着晶莹的露珠。渔民们的大盆里满是活蹦乱跳的水产，螃蟹们嘴里吐着泡泡，手里挥舞着"大刀"，犹如一个个威武的大将军正向人们示威。那些大虾神气活现地游来游去，像是在给蟹将军助阵似的。还有那些闪着银光的带鱼、鲳鱼……卖茶叶蛋、大饼、油条、豆浆的小摊子也已经是热气腾腾了，锅中飘出一阵阵诱人的香味，主人用乡村特有的淳朴热情迎来一批批顾客。

　　乡村的早晨是紧张的，人们都加快了生活的节奏。去田间干活的农民伯伯，去学校育人的老师，去工厂上班的叔叔、阿姨，都急匆匆地走着。人们的脚步声，三轮车的"嘎咕"声，自行车的"丁零"声，汽车的"嘀嘀"声，人流、车流交织成一曲美妙和谐的交响乐。

　　你看，乡村的早晨多么美！

第五部分　面朝大海，春暖花开

乡 情

卢安聪

故乡，我对它的爱如乐谱上的音符，时时在我的脑海跳动；我对它的情如海洋一样无垠，一直贴在我心灵的相册里。

春，缕缕春风吹遍大地，溪水停止了沉默，变得活跃了；深山传出婉转的鸟鸣；山坡上桃花正开得烂漫，粉的叶，香的蕊，使整个山坡弥漫着桃花香，阵阵飘下的花瓣，在空中打着旋儿。望着这阵阵"桃花雨"，我觉得这是画也是诗！

夏，微微轻风吹拂。夜晚，劳累了一天的大人们，摇着扇子，唠着家常；月光下，大片的西瓜被照得油亮油亮。一位十一二岁的孩子正卷着袖子，蹑手蹑脚地步入林子里，只见他身子一倾，向一只松鼠扑去，而松鼠却轻轻一蹦，溜了。这孩子来自远处的瓜农家，假期中，他常常带我去抓小鱼，追鸭群，给狗穿衣服……这些场景，使来自城市的我真切感受到他是我故乡中现实的"闰土"。

秋，瑟瑟的秋风，凋零了万物时，正是故乡人们一年中最幸福的时候。乡亲们在金黄色的世界中，不停地收割农作物，摘下硕大的果实，收获春播的喜悦。他们摸着手中的老茧，擦着额上的汗水，看着彼此脸上多出的几条皱纹，露出一年中最甜美的笑，那张张脸似桃花，如菊花，成了秋风中不落的花……

冬，潇潇的寒风中，大地安静了。此时，故乡在静中展示着秋收丰富的内涵，也在孕育着春的到来；乡亲们在享受冬天带给他们的休闲的时候，乡村的孩子们也放了寒假，我同他们在雪地里嬉闹着。怕我的鼻炎犯了，"闰土"把围巾围在我的脖子上；怕我摔了，他拽着我跑，雪地上，那深深浅浅的脚印，像一段无声的乐谱，奏着一曲乡情之歌，留在我的心中……

哦！故乡，我的家，我的梦，那浓浓的乡情！

在金色的秋天里

陈鹏宇

午后，暖暖的秋阳如瀑布般倾泻下来，斜斜地铺洒在笔直、黝黑的柏油马路上，洒在已经泛黄的草地上，也洒在周围的万木上……像就地铺开了一条永无尽头的金丝绒地毯。虽已是深秋，但空气中仍弥漫着一股特有的腥甜腥甜的气息，使人感到几分倦意，几分慵懒……

在这样的阳光下，一个小男孩正慢慢地行走着，脚步显出几分轻快，两只手松松地插进裤袋，口中哼着悠闲的小调。暖阳似一只慈母的手，轻轻地抚摸着他。他沐浴着，贪婪地吮吸着清新的空气，一脸的喜气。

男孩走着，走着，七弯八拐地穿过一条林荫道以后，就正式进入一个花园。小道旁是大片大片的草地。金秋时节，草地原本的那种苍翠得逼人眼的色彩已不复存在，大片的已经泛了黄。几阵微凉的秋风吹来，草儿们随风轻轻地摆动着那纤细的身体。他们是那样的陶醉、忘我，旁若无人地用"沙沙"的声音齐唱一曲《秋草之歌》。松软的草地上，几个天真的孩子正肆意地嬉戏、打闹、追逐着，那爽朗的笑声久久不散……男孩也忍不住跑上前去，在草地上蹦一蹦，跳一跳，就像踩在软软的橡皮垫子上，感觉真好！
……

草地的近旁整齐地栽着一排小桃树。它们早已失去了夏季时那种独特的绿。那矗立着的土褐色的枝条上，只零星地挂着一些叶片，有时是十多片。这些仅存的叶片儿竟展现出少有的美丽，红得艳人。有朱红、桃红、火红……在冷风中楚楚动人。男孩的心中不禁一颤——为这即将凋零的美丽。又一阵凉风袭来，最后的树叶们在枝头微微颤动着，欢快地跳跃着，仿佛在向男孩招手呢！这些叶子此时还是那么的快活！……又有一片小红叶儿在风中翩翩起舞，然后无声地躺落在冰凉的石板小路上……男孩的眼睛一亮，仿佛若有所悟。他弯下身去，拾起红叶儿，拂去上面的灰尘，仔细地端详了一

会儿，小心翼翼地收藏好。

告别了桃树，男孩顺着那条玉带似的小河边向前走去。不知什么时候，一片金黄的落叶已悄悄落在他肩头，痒痒的，抬头一望，一棵高大的银杏树正站在他的跟前，慈爱又慷慨地将自己的落叶通过风伯伯传送过来。一时间，空中飘落了大大小小的落叶，犹如满天飞舞的黄蝴蝶。男孩想起一篇文章中对银杏的赞美：银杏是一种古老的树木，多少年来，他一直默默地为人类造福。他的品质是高尚的。男孩满怀着敬意拾起一片金色的银杏叶，夹进书中……

白灿灿的阳光透过河边那一排儿蓬着头的鹅黄色的杨柳，照射在湖面，泛出粼粼的波光，像是洒了一湖的金星，闪闪烁烁……

一阵风扫过，杨柳的叶子便纷纷扬扬地飘落了下来，有的落在湖面上荡漾，有的则散在岸边。男孩捡起了其中的几片……

……

在秋阳中，几只小麻雀挺着胸脯，在道旁欢快地跳跃着。男孩从它们的身边走过，它们也毫不畏惧，仍自顾自地嬉戏着。

望着这富有生机和灵气的秋景图，男孩似乎领悟到了些什么，他若有所悟地点了点头，觉得自己有一些长大了……

春天到江南来看雨

王明琦

前天黄昏过后，雨丝悄悄地飘下来了。一会儿，地上全湿透了。天上的小雨一点一滴似乎在给整个世界发出一份份请柬：春天到江南来看雨。

记得前几天放学走过屋后的小桥，看到桥旁一棵大柳树的枝条光秃秃的，无力地垂着。经春雨的滋润，现在远远地看这些下垂的枝条就像一棵树上系了无数条绿丝带，有着无穷的生命力。又像一个个羞答答的江南小娇娘坐在河边，正照着镜子在梳理自己美丽的长发。这不由让我想起了贺知章的名句"碧玉妆成一树高，万条垂下绿丝绦。"江南的春雨啊！是生命的使者，那点点滴滴都是情。

走近仔细看，我猛然发现在春雨中这些枝条上已经不知不觉地长出了无数颗"绿宝石"。其实这不是绿宝石，是柳树上刚刚长出来的嫩芽，这些嫩芽就像刚刚钻出地面的笋尖，可爱极了。你一定忍不住想要用手去抚摩它们。看，有的含苞欲放的"绿宝石"在雨中闪着亮晶晶的光芒；有的则刚刚伸展出一小片嫩叶，还有的叶片已经迫不及待地完全展开了，在雨中努力炫耀着自己欲滴的青翠。但更多是我无法准确地用语言来描述的，一切的一切尽在江南春雨中。如果你来到江南，漫步在春雨中，那必定又是另一番感受。春天来江南看雨吧！

春雨又下起来了，我撑起雨伞漫步雨中。春雨真细啊！细如奶奶绣花的丝线；春雨真柔啊！柔似随风飘拂的柳丝。天地万物尽情地吮吸着这甜美的甘露。你看，芦荟绿得更翠了，茶花红得更艳了，迎春花黄得更亮了，玉兰花白得更纯了……

来吧！春天到江南来看雨。

万　重　山

王　静　一

万重山——听到这个名字，浮现在脑海的是连绵起伏的群山？还是"诗仙"李白那流传千古的佳句"两岸猿声啼不住，轻舟已过万重山"？

其实，都不是！"万重山"只是个迷你小盆景。乳白色的花盆仿佛是麦当劳里的小号可乐杯。"万重山"就耸立在小小的方寸之间，它由许许多多、深绿深绿的仙人棒堆成。仙人棒最高的不过两厘米，最壮的不过圆珠笔粗细。每根仙人棒都生着棱，有四棱的，也有五棱的。每条棱上依次生着密密的小黄点，黄点上钻出好些牛毛似的小刺，却一点儿也不扎手。数不清的仙人棒一根挨着一根，一根挤着一根，几乎不留一点儿空隙。虽然生存的空间那么狭小，但每根仙人棒都直着身子，努力向上长。于是，一座座"青山"拔地而起，又紧紧相连，才形成这令人惊异的"万重山"。

"万重山"没有艳丽的花姿，也没有芬芳的花香，看起来那样纤细、柔弱，但它旺盛的生命力却深深地打动了我。不需要精心侍弄，它就会如同雨后春笋般向上拔。折一段随手插进盆里，不几天的工夫，又会冒出一座座"青山"。

"万重山"就摆在我的写字台前，与我相伴。

家乡的银杏树

张信信

我的家乡有很多银杏树，它不仅美丽可爱，而且用途广泛！

春天，银杏树发芽了，它的芽儿嫩嫩的，绿绿的，一簇一簇，可爱极了！靠近芽儿仔细地瞧一瞧，你就可以发现，丛丛簇簇的芽儿中还有火柴梗一般的小银杏呢！微风乍起，它们宛如刚出生的娃娃在那儿欢快地舞蹈。不久，银杏叶长大了，银杏果也长成了豆粒一般大小，清晰可辨。

夏天，银杏叶密密麻麻，遮住了太阳，我们总爱在银杏树下乘凉。秋天，农民伯伯带着丰收的喜悦把银杏果从树上采下来。他们不会丢掉任何一个银杏果，因为它们能卖好多钱呢！霜降时节，天气凉了，树叶黄了，银杏叶开始落了，一阵秋风吹来，满树的叶子纷纷飘落，如蝴蝶漫天飞舞，似仙女信手散花，美丽极了！不久，地上就落了厚厚的一层，像是给大地铺了一层华贵的金色地毯。冬天，下雪了，银杏树银装素裹，玉树琼枝，仿佛是童话里的冰雪世界！

听妈妈说，银杏树全身都是宝：它的叶子可以做茶叶、制黄酮，果实可以做食品、做药材，木材优良可以做家具……

夜晚，我做了一个梦，梦见自己也变成了一棵美丽可爱的银杏树……

127

春 天

崔秀妍

　　小溪叮叮咚咚地唱着歌，旁边一架钢琴伴奏着。树上小鸟叽叽喳喳地叫着。它们盼着春天快来到，把自己漂亮的羽毛挂在树上，迎接美丽的春天。在这之前，它们刚刚和小溪举办了夜晚合唱会。

　　春姑娘终于来了，小溪使劲地唱着歌迎接美丽善良的春姑娘。瞧！春姑娘送了钢琴甜美的琴声，送了鸟儿们美妙的歌喉，送了动物们可爱的模样，送了老虎、狮子尖牙利爪，还送了小溪洪亮的嗓门。春姑娘非常辛苦，她要养育刚冒出来的小草，还要给昆虫们穿上漂亮的隐身衣！

　　春姑娘一来到这儿，就留下了幸福的泪水，于是就形成了春雨。

　　春姑娘还要找出时间多和"夏、秋、冬"三个妹妹聊聊天。让她发愁的是，夏姑娘非常丑，身上到处都是蚊子。秋姑娘比夏姑娘还要丑，身上有好多毒蚊子。冬姑娘说话凉凉的，总是"恶言恶语"。这些小缺点，春姑娘希望她们能改一改。

　　把所有的礼物都送出去之后，春姑娘的合唱会终于举办成功了。

游拉法山

聂 尧

十一这天，秋高气爽，阳光灿烂，爸爸妈妈带着我跟随雾凇旅游团一起，去位于吉林省蛟河市的拉法山国家森林公园去游玩。一路上，我们乘着空调大巴，有说有笑，高兴极了。

汽车还没驶进蛟河市，拉法山的雄姿就已经映入我们的眼帘了。只见远处一座座山峰拔地而起，连绵不断，气势非常雄伟。穿过蛟河市区，不一会儿，我们就来到了拉法山脚下。举目望去，拉法山简直就是一幅绝美的水彩画。山坡上，各种颜色应有尽有，相互辉映，美极了，深深地吸引着每一位游客。

在导游的带领下，我们从东环直向拉法山的主峰——云罩峰攀去。云罩峰海拔886.2公尺，被人们称为"九顶铁叉山"。山高路险，需穿过三座山峰才能到达。全程两千多米，抬头仰望主峰，一根根铁链好像从天上挂下来，令人毛骨悚然。我们沿着石阶往上爬，一会儿攀着铁链，一会儿手脚并用，艰难地向前爬着。翻过两座山，终于来到了主峰——云罩峰的半山腰，这里的山势更加险。特别是"一线天"只能容下一个人通过，石阶立陡立陡的，脚踏在石级上不住地打战，我真有点儿不想爬了，可一想起"无限风光在险峰"，便打消了这个念头。

功夫不负有心人，在爸爸妈妈的鼓励下，我们历尽千辛万苦最后终于攀上了云罩峰顶。站在峰顶的铁亭上，向下俯视。啊，真美呀！一片片彩树显示在你的眼前，红的、黄的、紫的……各种颜色交相辉映，显得那么和谐、那么美丽，令人赏心悦目、心旷神怡。

拉法山不愧为"关东第一名山"，景美、峰险、洞奇，让人流连忘返，希望你也有机会去那儿游玩。

第五部分　面朝大海，春暖花开

美丽的净月潭

李云飞

　　我的家乡长春，有许多美丽如画的风景。如南湖公园、胜利公园、朝阳公园……但我最喜欢的是一年四季景色迷人的净月潭公园。

　　几场蒙蒙的细雨下过之后，青的草、绿的叶、五颜六色的花，都像赶集似的聚拢来，形成了光彩夺目的春天。此时，正是去净月潭踏青的好时节，到处是一派生机勃勃的景象：小草悄悄地从土里钻出来，舒展开自己的身体；鲜艳的野花，像繁星一样点缀着草地，仿佛给净月潭披上了一张巨大的、五彩缤纷的花毯；小鸟在枝头跳来跳去，婉转地歌唱；小鹿跟在妈妈后面，悠闲地在溪边散步；湖水里倒映着一棵棵高大的松树；微风轻拂，湖边的柳树姑娘便长发飘飘、婆娑起舞。游人们络绎不绝，说着笑着，深深地陶醉在春天的怀抱里。

　　春天慢慢地离开了我们，而夏天正悄悄地向我们走来。这时的净月潭，变成了一片树的海洋。一棵棵参天大树，像无数把硕大的巨伞。中午时分，烈日当空，骄阳似火，这里正是人们乘凉的好去处。游人们有的在树下下棋、有的看书、有的荡秋千、还有的捉迷藏……池塘里的荷花都盛开了，一阵微风吹来，美丽的荷花就像仙子一样，随风舞动；风静了，可爱的蝴蝶在花间飞来飞去；小鱼躲到碧绿的大荷叶下面，像是怕太阳晒似的，久久不肯离去。

　　秋天，万木凋零。而净月潭却是一个令人向往、色彩斑斓的世界。秋风吹过，树叶纷纷飘落，在人们的脚下铺成一条条金色的小路；一场秋霜过后，枫林就像"火焰"般红艳艳的一片，如霞似锦，吸引众多游客驻足观看。

　　冬天的净月潭，更加令人心驰神往。漫天飞舞的雪花把净月潭装扮成一个银装素裹的世界。树上挂满了沉甸甸的树挂；山坡摇身一变成了滑雪场，

130

吸引成千上万的游客来滑雪，大人小孩、男女老少，个个兴致勃勃。冬天来净月潭，还可以玩惊险刺激的冰滑梯、驾驶摩托车在冰面上飞驰。小朋友们还爱拉雪爬犁、抽冰猴，玩得满头大汗，天黑了也不愿离去。

　　这就是我们家乡的净月潭。我爱家乡，更爱家乡的净月潭。

第五部分　面朝大海，春暖花开

我爱米兰

鲁　程

前年，孙阿姨送来一棵从广州带回来的米兰。当时，我看到这棵不起眼的小苗苗儿枝叶单薄，心想：有什么好看的，大老远带回来干什么？

可现在我家的米兰却由"丑小鸭"变成了"白天鹅"，那才叫好看呢！

你看，它枝叶茂密，远看，像大型盆景中的一棵劲松，近看，它的主干已长到二尺高了，分出了数不清的枝杈。米兰叶子的形状，跟公园里种植的冬青差不多，近似椭圆形，中间还有一道不深不浅的小沟。这些叶子，有的肥厚浓绿，有的娇嫩青翠，都闪着光亮。米兰的花非常奇特，像葡萄那样一串串的。中间有一根嫩绿的主枝，大约有一寸来长。主枝上又分出无数的小枝，每个小枝上都长出了一个小黄球，像小米粒一样。"米兰"的名称，可能就是由此而来的吧。你可别小看这些朴素得像小米一样的花朵，它们的香气却非常浓郁。我家放在三楼阳台上的米兰，开花时，从楼下经过的人都可以闻到一股沁人心脾的清香。

米兰不像月季那样绚丽，不像菊花那样多姿，不像牡丹那样华贵。但是米兰朴素、常青，它能生活在南国的沃野，也能生长在北方的花盆里。它精心地孕育着馨香，并且把这馨香尽量送到远远的地方……

生活中最美、最漂亮的难道应该属于那些缤纷的色彩和富丽堂皇的外表吗？本质的朴素、精神的高洁、意志的顽强、青春的常在，才是最美好的，米兰不正是具有这些特点吗？

第六部分

你最珍贵

　　这么多日以来，我们一起走过了风风雨雨，互相勉励，互相学习，共同提高。虽然马上就要分离，但是不用惆怅落泪，因为我们彼此的情谊永远埋在心底。愿你每一个今天都比昨天轻松，每一个明天都比今天辉煌！

——袁天舒《话别——写给陆阳》

怀念莎莎

杨英琦

莎莎是我的朋友——小狗。在我两三岁的时候，我经常去姥姥家看它。

莎莎可漂亮了，它的眼睛大大的、黑黑的、圆溜溜的，转动起来可有神了，一身的白毛，只有腿上有点儿黄色，走起路来摇摇摆摆的，可好玩了。每当看见我时，它就高兴地摇摇尾巴，一下子向我扑来。我也总是高兴地带着它到处疯跑，一起做游戏，莎莎可真是我的好伙伴。

有一天，我很高兴地去姥姥家看莎莎，一进门就叫"莎莎快过来"。可这次不像往常一样，莎莎没有过来。我又连着叫了几声，莎莎还没有过来。难道淘气的莎莎在和我捉迷藏吗？

这时，姥姥难过地说："它不在了。"我急切地问道："那它到哪儿去了？"姥姥说："照顾不了它了，我把它送人了。"我听了以后，很伤心，因为，它是我最好的朋友呀！

从那以后，只要我在街上看到小狗，就会想起伴随我度过快乐时光的莎莎。于是，妈妈给我买了一个玩具小狗，它长得跟莎莎一模一样，我每天又可以跟莎莎在一起了。

现在，我七岁了，但是我还是常常想念它，我是那么喜欢它！真希望什么时候能再见到莎莎，它一定也十分想念我！

丢掉的小花兔

杜柯纳

在我过四岁生日的那天，妈妈给我买来了一个礼物，她让我猜是什么。我猜不出来。这时，她从屋里拎出个小笼子，里面装着一只小花兔。

这是一只黑白相间的小兔子，它身上长着乌黑的点，两个眼珠像两颗晶莹的珍珠，非常可爱。我高兴极了，忙说："谢谢妈妈，我会好好珍惜它的！"

于是每天我都要到阳台去看望它。白菜和水是它的美食，它吃东西的时候，总是用它的三瓣嘴一撇一撇的，好像在说："好吃，好吃。"尾巴还一翘一翘的，好像在说："不够，不够。"有趣极了。

有一天，老师对我们说："把你们自己养的小动物带到幼儿园来让同学们一起欣赏，好吗？"我有些舍不得，不过还是把它带到幼儿园了。每天下课的时候，我总要去看望它。但是有一天，我和往常一样，也去看望它，不过让我失望的是它不在院子里。那它到底跑到哪里去了呢？中年吃饭的时候，我一进屋，香味便扑鼻而来，原来是一盆盆好吃的肉，我问老师："这是什么肉？"老师说："这是兔肉。"我的心"咯噔"一下，心想："这肉是不是我的兔子的呢？"

如果早知道它会遭到今天的不幸，还不如当初不把它带到幼儿园去呢！从那以后，我常常想起那只小花兔，有时梦里我还给它喂食呢！芸芸众生，孰不爱生？我感觉丢掉的不仅仅是我的小花兔……

我和七只蜗牛的故事

李叔恒

一个星期天，爸爸从街市给我买回来七只蜗牛。蜗牛像一个大田螺，背上背着一个圆圆的东西，没有鼻子，两条触角非常长，嘴里总是往外吐黏液。没事时我就和他们玩，长此以往，我们成了好朋友。

一天晚上，我把蜗牛拿出来放在窗台上，忘记了管它们。第二天早上起来，发现蜗牛正在爸爸的衣服上睡懒觉呢！它们嘴里吐出来的黏液，粘在爸爸的衣服上，弄得一道道的，像地图一样。爸爸发现了，非常生气，大声吼道："赶快把蜗牛给我扔了！"我一着急，把七只蜗牛都偷偷地放到了床边上。

可当我睡觉时，却发现蜗牛早已无影无踪了，我怎么找都没有找到。

随后，学习非常紧张，我也渐渐淡忘了它们。一个周末，我放学回到家，突然惊喜地在床边发现了四只蜗牛。我想："那三只蜗牛一定在床底下。"

我找来爸爸妈妈帮我把床抬开，我看见了那三只蜗牛。它们睡在那里，一动也不动，我急忙把它们拾起来。可是，已经死了两只，只剩下了空壳。我难过极了，眼泪忍不住流下来，我无法接受这个事实。已经没有信心了，心想："第三只蜗牛一定也死了。"可是，当我用手哆哆嗦嗦地拾起来一看，它还活着，外面包着一层半透明的薄膜。我恍然大悟，蜗牛是在休眠呢！我小心翼翼地把这只休眠的蜗牛放在一个小纸盒里，生怕惊醒它。我期待着天气转暖的时候，它自己能苏醒过来。

后来，这只蜗牛终于醒了，在我的精心养护下，这五只蜗牛长得又大又胖，还生了许多小蜗牛呢！

调皮可爱的"小白点"

马熔珧

我家有一条狗，它叫"小白点"。这名字很怪吧？不过，这个名字还有一段来历呢！

"小白点"一出生就只有巴掌那么大，全身满是黄毛和黑毛，没有一点儿白毛，所以取反名为"小白点"。

"小白点"全身黄毛，耷拉着的耳朵，像蝴蝶落到了头上，黑黑的眼睛闪闪发亮，尾巴总是向上翘，像一位高傲的王子。

"小白点"有个习惯，它非常喜欢逛街，一到街上就活蹦乱跳的，好像发了疯一样。最有意思的是它每次在街上都要做路标——撒尿，每当这时它总是摆个漂亮的pose，有模有样的，在有依靠的地方，一只脚翘上天，一只脚立在地上，好像在跳芭蕾！

"小白点"有时很乖，有时很调皮。说它乖呢，就是没人搭理它的时候，它非常安静。说它调皮呢，是因为它一见到人，就会热情地扑上去。

有一次，我正津津有味地看电视，电视里的演员正在踢腿，我想学一学，就把小腿抬了抬，正好被闲着无聊的"小白点"看见了。这下可大事不妙了，它一看见我抬腿就跑过来，死咬着我的裤子不放，而且越咬越来劲儿，向我使出"咬裤绝招"，不管我怎么反抗就是咬定不放。最后，直到我累得腰酸背疼腿抽筋，不得不投降它才罢休。你说它多调皮！

还有一次，"小白点"为了寻找它的溜溜球玩具，把我家弄了个"底朝天"呢！但是你见了，绝不会打它，因为它是那样的可爱。

我喜欢我家的"小白点"。

137

老警"小许"

李 涵

我家隔壁住着一位警察伯伯，今年五十多岁，头发已经花白，马上就要退休了，从他进派出所的那一天起，人们就叫他"小许"，这一叫就叫了三十多年。我们这些小孩儿见了，总爱叫他"小许爷爷"。

一提起"小许"，大家都会情不自禁地伸出大拇指，夸赞几句："人热情，厚道。""这人好呀！办事实在，有事找他准没错！"……

每次放学，他都会站在我们学校的大门口，等待着孩子们出来。孩子们排着整齐的队伍一出现，他立刻走过去，带领着孩子们一起过马路。这时候，那些司机们都会很自觉地停下车，等孩子们一起过了马路才开车走。谁都没有一句怨言，即使个别人心里可能有点儿不乐意，但谁也不敢提前开车，因为大家都知道小许爷爷办事的认真劲儿。等到他确认学校里的孩子们都已经放学走了，他才乐呵呵地干其他事去。这个"义务交警"一干就是几十年，不管刮风还是下雨，不管严寒还是酷暑，从不间断。这不，放学时间到了，他又微笑着站在了学校门口，微笑着望着正在整队的孩子们。

记得有一次，那是个夏天的中年，小许爷爷下楼去倒垃圾，路过刘奶奶家门口，看见刘奶奶一个人躺在床上呻吟。原来刘奶奶的心脏病犯了，他二话没说，背起刘奶奶就往医院跑。穿着拖鞋跑得慢，他索性光着脚跑。到了医院，已是汗流浃背的他，顾不上休息，放下刘奶奶就去找医生，找到医生，又去交款、抓药、打电话给刘奶奶家人。等刘奶奶家人赶到医院时，刘奶奶正躺在病床上输液。刘奶奶家人望着满头大汗的小许爷爷不知说什么好……

说起"小许"这个名字，我们镇上无人不晓，可知道他叫"许遵江"的人却很少。

神奇的萤火虫

洪晨辉

夏天，我和妈妈到乡下度假，住在外婆家。一天晚上，凉风习习，我和妈妈坐在院中纳凉。

无意中，我瞥见葡萄藤上有只蜗牛正在努力地向上爬。我不禁乐了，拍手唱起歌来，"阿门，阿前，一棵葡萄树。阿门，阿前，一只大蜗牛，一步步地向上爬呀……"

突然，远处一只萤火虫提着灯笼，在璀璨的星空中翩翩而至。只见萤火虫盘旋了几圈，径直向蜗牛飞去，像一位跳芭蕾舞的仙女一样，轻盈地落在蜗牛身边。萤火虫伸出纤细的两只触角，像妈妈轻抚孩子似的轻轻拍打蜗牛。蜗牛也好像陶醉在萤火虫的"温柔"之中，停止了向上爬。

我的注意力马上被吸引过去了，于是便蹲下看个仔细。这时，萤火虫又举起触角轻轻拍打蜗牛，然后向空中剧烈挥舞触角，好像在招呼别的萤火虫，"喂！大家快过来！"那些萤火虫见状像赶热闹似的飞来，它们纷纷伸出纤长的吸管插入蜗牛的体内，又好像在讲什么悄悄话。我好奇地喊："妈妈快来看呢，萤火虫在干什么？"

妈妈连忙走过来一看，不禁笑了："南南，这些萤火虫在拿蜗牛作美味佳肴呢！"原来，萤火虫第一次拍打蜗牛，是给它打了麻醉针，让它失去知觉，然后就可以任其摆布了；第二次拍打蜗牛是打消化针，等蜗牛的肌肉慢慢化成液体时，好客的萤火虫就会招呼同伴们来分享这美味。

我这才恍然大悟，自然界真是奇妙。我长大以后要当一名科学家，了解动植物之间的奥秘。

我和鸽子交朋友

杜柯纳

有一次，我写作业的时候，听见阳台那边有咕咕的声音，我非常好奇，就跑了过去，一看，原来是落在阳台上的鸽子在叫，它好像在说："我好饿呀！"我赶快抓了一些米，撒在阳台上，当我抚摸着它的背的时候，那个鸽子奇怪地向我回头，但仍旧是乖乖地站在阳台上，可是当我关窗户时，把它吓了一跳，就飞走了，我想："它会不会永远不来了呢？"

我等呀等，过了五六天，它终于来了。飞进阳台之后，便低着头，一颗一颗地啄地上的米粒儿。偶尔很警觉地抬头看看我，又左右看看，然后就又埋头吃了起来。

从那以后小鸽子差不多每天都来，一个星期之后，我发现阳台上一粒米也没有了，我真想大声喊："大吃包，你真能吃呀！"可那之后，这只小鸽子就再也没来过。

140

还有一次，我看风景的时候，突然有三只小鸽子先在阳台上边打了一个旋，然后落在阳台上，我仔细一看，它们的眼珠又圆又黑，像六颗珠子，它们的嘴都是黄色的，也都是弯弯的，像牛角一样。它们的脚是金黄色的，一翘一翘的，好像一把扇子。其中有一只鸽子最奇特，它有一根毛是绿色的，还有一根毛是黑色的，其他的毛都是灰色的；另一只鸽子，它的头部是黑色的，颈部是灰色的，腹是白色的，翎部是绿色的；最后一只鸽子，它的头部和颈部是绿色的，腹部和翎部是白色的，多可爱呀！它们有时候就用嘴去梳理自己的羽毛，有时候还用嘴去咬自己的羽毛，一松嘴，羽毛就掉了下来。

过了没多久，这三只小鸽子就飞走了。小鸽子真可爱，我真希望能和它们交上朋友！

油菜花中的发现

张永旭

　　春天的一个傍晚，为了第二天的科学课，我兴致勃勃地去油菜花中寻找灵感。

　　来到田野里，放眼望去，到处都是黄灿灿的油菜花，好像给大地妈妈披上了一块金黄的毯子。我小心翼翼地拨开油菜，意外地发现了一只身穿青绿色外衣的蚱蜢正不停地掸着翅膀。我正要伸手去抓时，它却不甘束手就擒，像一架飞机一样腾空而起，飞快地飞走了。正当我十分失望时，田埂上的一群蚱蜢又出现在我的视野里。我便又仔细地观察起来。你看，它们一边悠闲地吃着青草，一边沐浴在阳光里，仿佛在说："生活真美好，生活真精彩，生活真自由……"比起前一只蚱蜢来，它们似乎更会在这春日里享受属于自己的精彩生活。

　　我不忍破坏这一切，便悄悄地离开了。

141

"肯德基"

王汉夫

我家有两只名副其实、大名鼎鼎的"肯德基"。这两只鸡是我从学校后门口买的，这还得从前天说起。

那一天听说校门口有卖小鸡的，一放学我就急不可待地跑出了校门。嗬！卖小鸡的地摊前挤得人山人海。我不管三七二十一，冲进人堆里去，把两手往前一伸，再左右往后一扒，就挤到了前面。看见一只只活泼可爱的小鸡，我激动万分，两道小刷子似的眉毛蹙在一起，眼睛紧紧盯着小鸡，生怕别人把小鸡买光，于是我赶忙指了指，买下两只最活泼的。

回到家，我立刻给它们俩取名字：一只叫肯德基；一只叫鸡鸡肯。

142

我的小鸡，可漂亮了。头上长着一条小细线，一直长到眼睛那儿，听说这就是长鸡冠的地方。小眼睛，黑眼珠儿，没有眼毛。鼻子？鼻子在哪儿？噢？原来长到了嘴的上方，这个淘气的鼻孔！耳朵就更看不见了，原来长在鸡头两侧，被绒毛盖着，是个小黑孔，一般人都看不出来。小嘴儿尖尖的，也不大，可整天叽叽叫着，真是活泼极了。小脖儿不长，比我的大拇指粗不了多少。身上毛茸茸的，像个毛绒球，可爱得很，总忍不住想要摸一摸它，两条细而有力的小腿，整天走来走去，一刻也不停，看它那不知道累的样儿，都能跑马拉松了！

我的小鸡非常调皮，特别爱唱歌。它的嗓音都能赶上男高音了。有一次，我正在写作业，它们在一边就拉开了嗓子"叽叽……"地叫个不停，我不由自主地去找它们玩。我把它们平放在桌子上，它们乖乖的，一动不动，我用手轻轻摸它的肚皮，摸一下，叽一下，好玩极了，我也不禁大笑起来。最后，它们两个小淘气害得我连作业也没写完，被老师批评了一顿。

虽然小鸡给我添了不少麻烦，但同时给我带来了无穷的乐趣，听到它们"叽叽叽"的声音，我就觉得好开心！小鸡小鸡快快长大吧！

特殊的"家庭成员"

李　航

　　两年前，一个春光明媚的日子，我和爸爸到周伯伯家去做客。周伯伯同爸爸是挚友，四十岁出头，个子瘦高，脸庞较黑，很少言语，但对人和蔼可亲，周伯伯搬入新居后，我是第一次来串门。

　　在周伯伯家室外的小水池里，一只巴掌大的小乌龟吸引了我，它呆呆的模样太可爱了，坚硬的外壳上有好几块漂亮的花格子，缩头缩脑的，四只小爪在水中扑棱扑棱地划，优哉游哉，怡然自得的模样特别好玩儿。我托着下巴，盯着它看了好久。临走时，我还有点恋恋不舍，周伯伯好像看透了我的心思，他找来一个黑色的塑料袋，在里面装上水，把小乌龟小心翼翼地放进去，然后递给我说："航子，你喜欢它，带回家去喂养吧。"我心里甭提多高兴啦！蹦蹦跳跳地把小乌龟带回了家。

143

　　就这样，我第一次喂养一只可爱的小宠物，我的家中也添了一名新"丁"。

　　小乌龟在家里很快活，食量也很大，爸爸、妈妈对它也很是呵护，经常采购瘦肉、羊肉、猪肝喂它，它一见我们走近，便探头探脑，像跟熟人打招呼一样。我经常把它搬到客厅观赏，小乌龟给我们全家带来了很多欢快和乐趣。

　　今年初春的一天，我放学回家，院子里静静的，气氛阴沉沉的，进屋后，妈妈告诉我，周伯伯因患肝癌，在武汉同济医院去世了。我简直不敢相信自己的耳朵，眼前一黑，鼻子一酸，泪水漫出了眼眶。周伯伯的追悼会很隆重，王伯伯声泪俱下念着悼词，几次泣不成声，从悼词中，我更深刻地了解到周伯伯的为人，他乐于助人，清正廉洁，勤奋工作，顽强地同病魔抗争，直到生命的最后一刻。参加悼念仪式的人很多，但场上静得出奇，大家都处于极度的悲痛之中。

此后的一个星期里，小乌龟好像也很伤心，谁逗它，它都没反应，待在水池里，不吃不动，我们默默围着它，心头沉沉的。

现在，在我们一家人的精心喂养下，小乌龟体形比刚来时增加了一倍，成了我们家特殊的成员，它不仅是周伯伯送给我的一份特殊的礼物，而且寄托了我一份特别的哀思和情感。

家有小"福尔摩斯"

陈婉玲

"咦？才穿了三天的新裤子怎么破了一个小洞洞？"我拎起心爱的裤子，皱紧眉头，琢磨着是怎么回事。"好好的裤子怎么破了个洞？"弟弟凑了上来。弟弟是个二年级的小学生，平时爱看侦探故事，常自称是中国的"福尔摩斯"，不管什么事儿他都爱插一脚，看来这次他是绝不会放过这个露一手的机会了。

只见弟弟蹿进自己的房间，在自己的脸上画上一撇胡子，戴上自己的帽子，嘴里叼上玩具烟斗，又套上爸爸的大西装。嗬，一个活脱脱的"福尔摩斯"出现了。弟弟很有绅士风度地摊开右手，摆出一个"请"的动作："走，小姐，看现场去。"

弟弟一走进我的房间，就看到了我桌上、床头的零食，他翻动了一下，闭起眼睛思考了一阵，突然睁开眼睛，像想起什么似的，转过头来命令道："小姐，把证物拿给我看看。"我赶紧把破了洞的裤子递给他。他接过裤子，闻了闻，又摸了摸，还拿到阳光下仔细查看。眨眼间，弟弟紧抿的嘴角慢慢舒展开，最后成了一轮弯月，那烟斗也差点掉了下来。他只好取下烟斗，眉飞色舞地对我说："很快，我就能把'凶手'揪出来了！"

晚上，我正在看电视时，突然传来一声刺耳的"吱吱"声，弟弟立刻把我带到我房间。他拧开了灯，哟，一只硕大的老鼠正在捕鼠夹中挣扎着……

这时，弟弟一板一眼地分析起来："姐姐屋里到处都有开袋的零食，而衣物又和零食混到了一块儿，裤子洞口边缘明显有动物牙齿撕咬的痕迹。由此推断，本案'凶手'是——"弟弟得意扬扬地指了指垂死挣扎的老鼠，"就是它！"弟弟响亮的话音刚落，"雷鸣"般的掌声就在我耳边响起……

你说，弟弟是不是侦探高手？堪称中国的"福尔摩斯"！

班级中的"鬼"

张月珍

听到"鬼"，你一定会很好奇，这个"鬼"可不是指什么死鬼或女鬼之类的，你想知道我们班有什么"鬼"吗？好，现在我就说，不过你听了我说的"鬼故事"可别毛骨悚然或大吃一惊哦！

我们班上的"鬼"数也数不完。有"娇气鬼"——郑汉斌，整天遇上芝麻绿豆大的事就哭哭啼啼。有"小气鬼"——林森，他可算是名副其实的"一毛不拔的铁公鸡"。此外，还有"脏鬼"呀，"爱美鬼"什么的！

先来看"娇气鬼"郑汉斌的"鬼故事"。有一回，老师把作业发下来评讲。老师评讲到写成语时，叫有错的同学站起来，并把错的地方讲出来，刚好轮到郑汉斌，郑汉斌把错的地方讲出来，李老师批评道："这么简单你也会做错，你做完有没有检查？"没想到郑汉斌一听完，两行泪水有如长江之水"一泻千里"，"连绵不绝"。你说他是不是个"娇气鬼"？

下面闪亮登场的是"小气鬼"——林森。有一次他坐在座位上，有人向他借几张作业纸。林森一听，不容别人说完就说："对不起，我的作业纸刚好用完，你向别人借。"那位同学连忙说："我向你借，下午还给你可以吗？""对不起！我真的没有了。我现在要去卫生间了。"林森就这样溜之大吉，逃之夭夭了。其实啊，他的书包里可多作业纸了！

这下，你对我们班的"鬼"有了一点儿了解了吧。其实我们班还有很多"鬼"，等有机会再向你们一一道来吧，我想有这两个"鬼"你们一定都已经受不了了吧，如果再加几个，你们可别支撑不住哦！

我们班上的女生

徐　俊

"狮子、豹子都能惹，可千万别惹我们班的女生。"这是我在母校待了五年后，对班上女生的总结。

哥们儿，小声点儿，可别又让她们的"顺风耳"给听见了，否则呀！我又得大祸临头了。你也许惊讶：堂堂男子汉，会被一群弱女子给欺负了？真是"天方夜谭"！但是，你要知道，你所指的是"淑女"呀，而我们班的女生可是"女中豪杰"，我们这些小兵小卒哪能是她们的对手呀。好了，言归正传，说说我们班的女生吧！

我们班的女生——"泼辣"至极。这不，刚刚来到校门口，我手中的馅饼刚吃了"半个月亮"，迎面走来马若男，伸出了"五指山"，大声说道："作业本呢？"如果作业做完了还好，只要把本子乖乖呈上去，她便会拿起随身带着的红笔，画一个大勾——OK了。但是，要是作业没完成……她不管三七二十一，火山爆发，想逃都逃不掉——她的女子兵团早已恭候在校门口了。接着，你将会听到"圣旨"。唉！又要罚抄了！此时，女生们会指手画脚，嘻嘻哈哈，瞧那得意样，马尾辫儿都快翘起来了。

我们班的女生——"蛮横"至极。一次，马明正在专心致志地写作业时，一块刚买的崭新橡皮掉到了地上。唉！只好弯腰去捡。说时迟，那时快，一只"鹰爪手"像抓兔子似的，一下把橡皮勾到了手心里。一看，原来是周敏。马明脱口而出："这是我的橡皮，谢谢你帮我捡起来。"周敏那张原来挺好看的脸顿时变了颜色，张口就说："又是哪根筋搭错了？这明明是我刚买的橡皮，你的在这儿呢。"说着，把她那块小得可怜的橡皮丢给了马明。怎么办？马明只好不言不语——一个大丈夫，不会为一块橡皮跟女生吵架吧！

我们班的女生——温柔至极。老师的嗓子哑了，班长王燕急忙带着她的

"姐妹花"买了水果，放在老师的办公桌前；班上有的人成绩"落伍"了，女生们会热情地替他补课，就像亲姐姐一样；班上的扫把坏了，女生们拿去亲自修补，实在不行，还会大方地从口袋里掏出钱来买新的……

我们班的女生——泼辣、蛮横、温柔、小气、大方、冷漠、热情、爱哭、爱笑……真是道不完，说不尽。

说了许多，我又得面临女生们的暴风骤雨了，唉！

"坏小子"

张一凡

风靡一时的杨红樱校园系列小说之《五·三班的坏小子》想必诸位都听说过吧！真所谓"无巧不成书"，我们五·三班呀，还就出了这么几位"风流人物"呢！

"我是轩哥我怕谁！"这个可是张轩的至理名言呢！不过和这么响亮的口号比起来，张轩这张脸长得就有点儿对不起大家了，小小的眼睛，扁扁的鼻子，一笑起来总让你联想到——"坏蛋"。

记得四月份我们到狮脑山春游，一路上我和好友陈荣荣有说有笑，没想到被张轩这位"有心人"录了下来，等到下山，他按下键，一路播放他的"杰作"，引得大家笑声连连，我和陈荣荣却哭笑不得，无奈只好下通缉令："张轩，我前边的前边是张老师，我后边的右边是岳老师，我先报告谁呢？"这一说，张轩乖乖举手投降，交出了录音机。

另一位主角是张建树，外号"结巴树"。之所以给他取这个外号，是因为他一着急说话就会特别结巴，你如果要传话可千万别找他，否则真会急出你一身汗。"张，张，张……一凡。"甫看，准是张建树，我就想啊，幸亏我姓张，如果我姓朱可怎么办？

"就是就是……岳，岳……""岳老师！""啊对！叫你……你……去……就是那个……那个……""语文办公室。""啊对！抱本儿！"瞅见了吧，说了一大通，就"啊对"说得还蛮利索，或许"结巴树"叫多了，他自己都默认这个名了！"张建树！"不答应，"张建树！"还不答应，"结巴树！""啥，啥事？"不过还是真心希望他能早日改掉结巴的毛病！

接下来登场的是"猴子"——翟秀仁。说起翟秀仁，伶牙俐齿，那简直是公认的，他的口头禅是——大姐，我错了！每当他的伶牙俐齿伤害到我们

班的"娘子军"时，他的口头禅就派上用场了。别看他平时油嘴滑舌的，运动场上他总是为我们班争夺荣誉呢！

瞧，我们班的"坏小子"是不是个个都活灵活现呢！我就说嘛，"坏小子"一定"坏"得可爱，"坏"到"极点"！

我 选 她

景珍静

　　老师在黑板上写下中队干部的名称后，指出愿意参加竞选的都站起来，接着在学习委员的后面出现了王小红这个名字。

　　同学们议论纷纷，王小红这名字在我耳边不断地响起，我选她吗？那件事又像放电影一样，在我眼前闪过。

　　王小红是从别的学校转过来的，每天上学都穿很美丽的衣服，其中，她经常穿的是那条紫色的连衣裙。我觉得她特别爱漂亮，因而对她产生了反感。老师让她管纪律，我就偏违反；老师表扬她聪明，我就对她不理不睬。

　　日子久了，我见了她就像是见了"非典病毒"一样远离。可是，老天偏偏"折磨"我，叫我和王小红一起去打扫厕所，我一肚子的不愿意。可她却笑嘻嘻地拉着我的手说："走吧。"我想：厕所臭死了，为什么让我去呀！算了算了，走就走，有什么了不起的。我甩开她的手大步向前走去。刚走到厕所前，就觉得臭气熏天，到了里面，看到厕所里有的台阶上都有大小便，恶心死了。我捂住鼻子，一个劲儿地向外冲。可小红却在厕所里不停地打扫。等了一刻钟左右，小红走了出来说："厕所已经全部打扫完了，咱们回去吧！"我这时才发现她那美丽的紫色连衣裙上溅满了黑点，鞋子也都脏了。我一愣说："你衣服脏了。""没事，回家洗一洗就行了。"这时，我羞愧极了，眼睛也不由得湿润了。

　　"请同意小红当学习委员的同学把手举起来。"我回过神儿来，把手举得高高的。

话　别

——写给陆阳

袁天舒

"天下没有不散的宴席。"这句话不知是谁提起的，让我的心里一片悲凉。陆阳，还有一个月我们就要别离，我真的好舍不得你。

我还清楚地记得，五年级，我刚转学到这里，班上的同学我一个都不认识。有一次下雨，我去扔垃圾，回来的时候，不小心摔了一跤，腿上擦破了皮，疼得我泪水直流，这时，正好路过的你看见了，连忙跑过来将我扶起，帮我擦去血迹，洗净伤口。渐渐地，我们开始熟悉了。日久天长，我们竟成了一对要好的朋友。

陆阳，在你身上，我学到了许多。是你，用巧妙的语言教导我要胜不骄，败不馁，在困难面前要昂首挺胸。记得那是一次月考之后，我由于成绩不佳，一整天闷闷不乐。快放学了，天又下起了倾盆大雨，我的心愈加烦躁。这时，你走过来拿过试卷，仔细地看了看，就开始给我讲解。我捂住耳朵，大声嚷："不听不听！"你并没有生气，而是心平气和地对我说："怎么，就这样灰心丧气啦？"我把头垂得低低的。"老师不是常常说，'胜不骄，败不馁'吗？爱迪生发明电灯经过了几千次的失败呢。振作起来，不要被困难吓倒！"听了你的话，我的心头忽然一亮：对呀，我平时不是有很多抱负吗，怎能被这点困难吓倒呢？我挺直了腰，耐心地听你讲解。终于，在后来的月考中，我取得了优异的成绩。

谢谢你，陆阳，是你让我走出了阴影。这么多日子以来，我们一起走过了风风雨雨，互相勉励，互相学习，共同提高。虽然马上就要分离，但是不用惆怅落泪，因为我们彼此的情谊永远埋在心底。愿你每一个今天都比昨天轻松，每一个明天都比今天辉煌！

姥姥家的"动物园"

秦依

　　姥姥家住在农村，每个月妈妈都要带我去一次。今年的五一假期更是让我难忘。

　　还没到姥姥家门口，小花狗就跑出来，汪汪地叫，好像在欢迎我，摇着尾巴在我周围转来转去。

　　一进姥姥家的大门，就看见姥姥家又添了一位新客人——一只小而肥的小绵羊。小羊羔正贪婪地咀嚼着鲜美的树叶，还时不时地抬起头看我一眼，冲我"咩咩"地叫，好像在说："你好，你好。"我正要和小羊羔玩耍，大花猫"喵喵"地叫了起来，好像在说："欢迎，欢迎。"我刚要去抱它，它却飞快地跑进了厢房。

　　"秦依，快来看，小猫咪。"表哥在屋里招呼我，我冲进屋，只见几只刚刚会走的小猫咪正在窝里玩耍。小黄趴在小白的身上，小白一用力，小黄就摔了下来。我赶紧把它扶起来，它伸出小爪子，好像要感谢我。"多可爱的小猫咪，让我抱一抱。"说着我伸手就要去抱。表哥急忙说："别抱，别抱。猫妈妈看不见猫咪该着急了。"

　　"咕咕，咕咕。"院子里十几只鸽子叫了起来。隔着玻璃只见十几只鸽子正在啄食姥爷撒下的玉米粒。我悄悄地走到院子里，突然一拍巴掌，那些鸽子便"呼啦啦"地飞上了天空。

　　"咯咯嗒，咯咯嗒。"那边的母鸡下蛋了。我自告奋勇地说："我去捡鸡蛋。"姥爷说："慢着点儿。"我小心翼翼地钻进鸡窝，摸出了两个热乎乎的鸡蛋。

　　汪汪、喵喵、咩咩、咕咕、咯咯嗒，姥姥家的院子里奏响了一首动物交响曲。

　　我喜欢姥姥家，更喜欢那里的小动物。

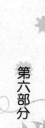

同桌的你

马 利

周末，我正在写作业。突然，窗外飘来一段悠扬的旋律"明天你是否还惦记，昨天你写的日记；明天你是否会想起，曾经最爱哭的你……"听着听着，我想起了两年前同桌的你。

同桌的你爱耍小把戏，喜欢自作聪明。有一次上体育课，你的衣服忽然"销声匿迹"，同学们都七手八脚地帮你找衣裳，可是，你却"一去无影踪"。唉，我们又手忙脚乱地到处找你。当我气喘吁吁地出现在班门口时，却见你正横卧在课桌上睡大觉，黑板上你的"墨宝"歪歪斜斜：寻物启事——风吹绿草衣裳跑，找来找去好烦恼！头晕眼花受不了，且让我先睡一觉！

同桌的你有一点儿随便，不拘小节。某日早读课我照课本上念着："我们要……"哇，瞧，你又流出了那两行白色的"瀑布"。"讨厌！"我无奈地白了你一眼，继续念着："好好学习……"谁料，你的两行"瀑布"腾空而下，落在了我漂亮的运动鞋上，你不但不说sorry，反而对我又是挤眉又是弄眼，气得我哭了起来，你只好自动"投降"。

同桌的你，很热心，不计前嫌。你的一个"克星"同学，在背后把你说得一无是处，而你却给予他很多支持和帮助。还别说，你真有点不到黄河不死心的架势。终于"功夫不负有心人"，你们成了一对形影不离的好友。

那个考试忘写小数点的是你，那个曾经在美术课"掠夺"我彩笔的是你，那个曾经挑起班级"第三次大战"的是你，那个……

"我也是偶尔翻相片，才想起同桌的你……"窗外依旧飘着那熟悉的旋律，我不禁心潮起伏，同桌的你，现在，还好吗？

朋　友

吕　程

她不高不矮，不胖不瘦，头发短短的，稍微带点黄色，浓浓的眉毛下，是一双有趣的小眼睛。她就是我情同手足的好朋友——徐宝晶。

徐宝晶比较内向，很少与人交流，但每当我有什么烦心事时，她就会出现在我的身边，替我分忧；每当我有什么高兴事时，她也会同我一起品尝喜悦。

有一次考试，我考得很差，下课后几个同学来嘲笑我。当时的我，脸憋得通红，真想找个地洞钻进去。这时，一个温柔而有力的声音在我耳边响起："快别说了，难道你们能每一次都考得好吗？偶尔一次失败，这不很正常嘛！"我不用抬头就知道，她就是徐宝晶。

徐宝晶坐到我身旁说："你不要伤心，还有下次呢！我给你讲一个笑话怎么样？"看我点点头，她一本正经地讲起来："有一个人她非常伤心，朋友给她讲了个故事，故事的内容是：有一个人非常伤心，朋友给她讲一个故事……"我说："你这个故事是永远也讲不完的。"徐宝晶笑着说："你知道她为什么伤心吗？因为她把绿豆大的烦恼看成大山一样大了。"我扑哧一下笑了："原来你在说我啊！"笑声里，我的烦恼早已飞到九霄云外去了。

忧伤的时候有她，快乐的时候当然也不能缺少这个让我保持清醒的好朋友。记得有一次，我的作文发表在校刊上，我喜出望外，不知道有多么高兴。徐宝晶知道后，显得比我还高兴："是吗，这可值得好好庆贺一下！"她拿过刊物看了一会儿，又说："你不能骄傲呀，我看有些作文写得比你好呀！"我不悦地说："怎么好话才说一句呀！"徐宝晶说："我只有让你清醒些，你才能取得更大的进步。"

这就是我的好朋友，一个满口大道理、和我同甘共苦的徐宝晶。

小松鼠来我家

俞盛刚

经过几天的忙碌，我家终于搬进了新居。住进新家的感觉真好，我也有了一个属于自己的小天地了。一张不大的床，靠窗的写字台上整齐地堆放着一些书，窗外是一棵高大葱茏的香樟树。

一天，当我推开门走进房间时，一只可爱的小松鼠突然映入我的眼帘，它正在小心地偷吃我放在桌子上的饼干。这时，它也发现了我，马上像触电似的跳到窗台上，纵身跃到树上，逃之夭夭了。我连忙探头一看，原来那棵树顶有一个很大的松鼠窝。

从这以后，我每天都在窗口放几块饼干，在一旁悄悄地观察小松鼠的一举一动。小松鼠很害怕人，一看到我，就躲得远远的。我尝试着手里拿着饼干去喂它。起先，它不敢过来，只是远远地观望；后来，看我没恶意，就慢慢地凑过来，很小心地捧了一块，飞也似的逃跑了。我很高兴，从此以后，我们慢慢地亲近了。有时它也会跳入房内，躲在书柜顶，好奇地和我一起看电视。

有一天，刮起了大风，下起了滂沱大雨。我心里很为小松鼠担心，特意把窗户打开。正当我准备熄灯躺下时，忽然发觉有动物窜进窗户，在黑暗中，我不由得笑了。

第二天，我一大早醒来，发现这小家伙蜷着身子，那又大又宽的尾巴把整个身体都盖住了——它竟趴在我的枕头上睡熟了。我心中不由一震：彼此信任，往往会创造奇迹。

"刀子嘴"赵滢

杜维维

　　我班有个"刀子嘴"叫赵滢。他中等身材，憨厚的面容，并没有什么特别之处。让大家"刻骨铭心"的是他的嘴巴。他那嘴巴犀利得像把刀子，班上不少同学都被他"教训"过。

　　我与他同桌，自然没少被他"教训"。当我因为数学测验获得高分而高兴时，他会冷冷地说："小心，骄傲使人落后！"当我不小心因丢了零花钱而伤心时，他会指着我的鼻子说："活该！谁叫你总乱花钱！"为了这些事，我跟他急过许多次。但与他相处时间长了，你会发现他还拥有一颗不被人注意的"豆腐心"。

　　前些天考试，考前老师再三强调试卷不能涂涂改改，叫每个人都准备好透明胶布。考试的时候，我发现有道题答错了，偏偏这个时候我的透明胶布不见了。怎么办？跟赵滢借？我开不了这口！划掉重写？老师的话好像还在耳边回响。

　　想着想着，汗珠悄悄地冒了出来。正在我一筹莫展的时候，一卷崭新的透明胶布蹦到了我的面前。我扭头一看，啊？竟是赵滢扔给我的！我也顾不了许多，赶紧用它粘去了错误的答案。此后，我又改动了好几处。多亏了赵滢的透明胶布！

　　考试终于结束了，我长出一口气，赶紧把透明胶布还给了赵滢。我刚想谢谢他，谁知他又耍起了他那张"刀子嘴"："今天我是可怜你才借给你的！"

　　唉！你说气人不气人？不过，想到他那颗"豆腐心"，我一点儿都不生气，反而觉得他很可爱。你说不是吗？

想起我的老师

陈岑

当八岁的我背着与身材极不相称的大书包，迟疑地走进一年（一）班的教室，迎接我的是一张令我毕生难以忘怀的笑脸：明净白皙的脸庞，甜美善良的微笑。在分别了四年后的今天，我依旧常常想起这张温暖的笑脸，想起这张笑脸的主人——我曾经的班主任施老师。

小小年纪的我，是那样的瘦弱多病，却又是那样倔强地敌视着这个变化的世界。当我的父母面对着小刺猬一样的我，叹着气，摇着头，是您，施老师！每天中午把我带回宿舍，冲一杯香甜的奶茶，固执地让我全喝掉。然后，温柔地帮我脱掉外套和鞋子，让我睡在您那充满阳光气息的大床上。而我，每每在您满是爱意的凝视中，紧紧闭上双眼，脑海里晃动的满是您暖暖的笑脸。这时，我只能一动也不动地躺着，生怕一个细小的动作就会让我涌出无穷无尽的泪水。渐渐地，渐渐地，我沉入了梦乡。而在我的梦中，依旧能闻到那香香的奶茶味，看到您母亲般的笑脸……

就这样，您教了我两年，我也在您的床上睡了两年的午觉。而我，也从当初那个阴郁多愁的"小刺猬"变成了一个活泼开朗的小姑娘。当快乐的笑容挂在我脸颊时，传来了您要离开的消息。我紧紧地抱住您的双臂，任留恋的泪水在脸上恣意地流淌。但我坚信：不管今后的生活中还有多少风风雨雨，有您的笑脸相伴，我的世界将永远是一片晴空！

第七部分

向快乐出发

又是一个又累又开心的日子，把我的苦恼全都带走了，快乐尽在眼前，我真想说一句："我好喜欢你啊——快乐！"

——孙卓君《快乐的一天》

钓 鱼

罗时雨/文

"蓬头稚子学垂纶，侧坐莓苔草映身。路人借问遥招手，恐畏鱼惊不应人。"每当我读到这首诗时，和爸爸钓鱼的情景便浮现在我的眼前。

那天，天空一碧如洗，只有几朵白云悠闲地散着步。我缠着爸爸带我到池塘里钓鱼，爸爸答应了。我高兴得一蹦三尺高，恨不得长上一双翅膀一下子飞到池塘边。

当我们来到池塘边时，周围钓鱼的人已经很多了，他们有的在穿鱼饵，有的在全神贯注地钓着鱼，有的正数着桶里的"战利品"……我迫不及待地穿好鱼饵，把钓线抛向远处。鱼饵划破水面，沉入水中，水面顿时泛起一圈圈涟漪。我目不转睛地盯着水面，生怕错过一丝战机。啊！浮标动了！我心中一阵窃喜，立即轻声请示爸爸："可以拎了吗？"爸爸做了个"OK"的手势，得令后的我以迅雷不及掩耳之势拎起鱼竿。嘿！是一只青绿色的大草鱼！"爸爸，我钓到一只大草鱼！"我欣喜若狂地喊道。只见它摇摆着身躯，尾巴不停地摆动着，活像戏台上的一员武将，不甘束手就擒，仿佛在说："快把我放掉！"我双手紧紧地抓住它，把它放进桶里。这"武将"就成了我的"俘虏"，再也神气不起来了。爸爸笑着说："别得意，扩大战果！""好咧！"旗开得胜的我一边爽快地回答，一边又迫不及待地把钓线抛向远处，等待着下一个"战俘"的落网。

夕阳西下，钓鱼的人们三三两两地离去，喧闹的池塘边渐渐恢复了平静，只有几只小鸟还沐浴着晚霞的余晖，在水天之间自由自在地飞翔。

经过几个小时的奋战，一条，两条，三条……啊，我们的小桶已经装满了，我和爸爸满载而归！我一边往回走，一边又吟诵起了最爱的诗："蓬头稚子学垂纶，侧坐莓苔草映身。路人借问遥招手，恐畏鱼惊不应人。"

童 年

朱 琳

小时候，奶奶常常对我讲："人的一生中最快乐的时光，就是童年。"我听了，眨着小眼睛，天真地问奶奶："什么是童年？"奶奶听了，乐呵呵地说："就是你与小伙伴们一起玩耍，一起游戏，度过的最美好的时光呀！"我听了，似懂非懂，仍然眨着小眼睛不解地看着奶奶。

时光似飞箭，几年过去了，又是柳树嫩绿时，不由得回忆起往事——

那是一个周末的傍晚，我和邻家的伙伴们在田野里采摘野菊，我们在田野里追逐，撒下欢声笑语……那笑声一直回荡在田野的上空。田野的尽头，有一棵柳树，春天柳枝发芽了，鹅黄色的叶子娇嫩得像个娃娃。夏天，柳叶茂密，长长的柳枝像姑娘飘飞的长发，召唤着我们，吸引着我们。每当我们看到那长长的柳枝，便不顾一切地向那儿奔去。男孩子爬到树上，坐在树杈上，折一只柳枝，我们用它来做小笛子，折一折，拧一拧，一个笛子便做好了。吹奏起来，那悠扬的笛音也能招来好些鸟儿。笛音、鸟鸣、风声融汇在一起，奏成一曲动人的旋律。那声音是那样的充满激情，但又是那样的柔和。太阳已经落山了，在田野里干活的农民都收着工具回家了，我和小伙伴们也拿着自己做的小笛子归家了。进了村庄，只见前面有一位老人正在那儿焦急地等待。那位老人正是我的奶奶，她催促我快点回家吃饭。于是，我加快了脚步……

是啊！童年的乐趣是无穷的，珍惜童年的每一个时光，就等于珍惜自己的一生。

161

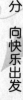

带锁的抽屉

逍　遥

　　我的小房间里有一张书桌，书桌里有一只带着锁的抽屉，里面藏着我的许多小秘密。你猜，这里面是什么呢？是钱？是游戏机？是"神奇宝贝卡"……到底是什么呢？我就告诉你，请你不要告诉别人。

　　这是一张春游时的照片，是老师偷拍的。瞧，我正和同学在闹着玩呢，趴在地上像小狗熊一样……别说你笑，拿到这张照片时，我自己也笑得直不起腰来。

　　这一叠都是贺卡，是我过生日时同学们送我的，每一张贺卡上都有朋友的美好祝愿。

　　什么？你笑我这么一个男孩子还收藏了一个小挂件？这可是一件珍贵的礼物哦，它可有来历呢！

　　那次班级要举行一次演讲比赛，获胜者老师会送他一个小礼物。我想，这是一个锻炼自己的好机会，所以，我也报了名。其实，我的朗诵水平并不怎么好，但既然报了名，我就得努力。于是我又是找资料，又是练朗诵……早起晚睡，不断练习。

　　演讲比赛开始了，我第一个上场，声情并茂地演讲起来："从前，有一个蒲公英妈妈，她有好多孩子……"演讲完了，台下掌声雷鸣……我知道自己的努力没有白费，我拿了第一名，我真是高兴极了！瞧，这个小挂件就是老师给我的小礼物！好多同学向我要我都不肯给，这可是对我勤奋和努力的奖励啊。拿回家，我就悄悄地藏进了抽屉里珍藏好……

　　什么？你也有一只带锁的小抽屉？那里面一定也有好多秘密喽？愿意告诉我吗？

我为漫画"狂"

冉盼盼

我特别喜欢看漫画。

有一次，爸爸带我到书店购书。我首先来到漫画专柜，挑了好多漫画书。有《老夫子》、《小樱桃》……爸爸看见了，不禁大笑起来，边笑边说："你可真是个漫画'狂'！"爸爸说得不错，那天我一回到家便钻进漫画书里，看个没完。

有一天中午，我正在看漫画书，忽然觉得肚子疼，就向卫生间跑去。刚跑到卧室门口，心想：我不如拿本漫画书去卫生间看吧，这样还会节约时间。于是我便转头向卧室跑，顺手拿了一本《小樱桃》，直奔卫生间。在卫生间里，我边看漫画边发出一阵阵笑声，就这样过了很长时间。当我把那整本漫画看完的时候，妈妈回来了。妈妈发现我没在卧室，也没在书房，找了半天也没有找到。于是便站在客厅里叫我："盼盼，盼盼……"这时我才从卫生间里冒出来。妈妈问我："你躲哪儿去了？"我说："我上卫生间了。"妈妈看我手里拿着一本漫画书，便大笑起来："我知道了，你一定又看漫画书了吧？快上学吧，要迟到了！"我说："不急，我上卫生间之前看过表了，还不到两点呢。"妈妈指了指墙上的挂钟，说："你自己看吧！"我抬头看了看，已经两点三十分了。原来，我在卫生间蹲了半个多小时。

怎么样，看到我为漫画"狂"，你是不是觉得很好笑？

最喜欢去的一个地方

王家熠

　　要问我最喜欢去的一个地方，那就是广场上的那棵大树下，因为那儿有个秋千。

　　一看到那个已经生锈了的秋千，我的脑海里就会浮现出一张熟悉的脸庞，她就是我以前最要好的朋友张冰。她虽然已经转学了，但是，每当我看到这个秋千，我的眼前就会出现一幅幅我和她游戏、谈天说地的画面。夏天，这块地方是我们的圣地。夏天的太阳毒得很，人们在太阳下只要待上一会儿，就会汗流浃背，豆大的汗水顺着脸颊往下淌。但是，我们坐在秋千上，一手拿着冰棍，一手拿着本漫画书，真是悠闲哪。我们不仅不觉得热，还感到一丝丝冰凉，真是舒服极了。

　　有时候我们还会约上几个小伙伴，一起坐在秋千上欣赏风景。"冰冰，你看！这是什么花呀！这真像童话里的七色花呀！""你看，秋天来了，大雁变换着队形南飞了，它们真像是在跳集体舞呀。美极了！""快看，快看，那片金灿灿的东西是什么呀？""哦，是麦穗，真漂亮呀！"……伙伴们你一句我一句，热闹极了！

　　在这里，我们还看到了一件令人感动的事情：一位白发苍苍，走路很困难的老奶奶来了，一位小姑娘看见了，拿出了纸巾把秋千擦干净，跑过去，搀扶着老奶奶坐下，老奶奶非常感动，不停地夸奖小姑娘。

　　现在独自坐在秋千上，我并不觉得孤单，因为坐在秋千上，我就会想起以前那些有趣的事情。

　　这就是我最喜欢去的一个地方——一个不起眼的秋千所在的大树下。

我是一个热爱音乐的孩子

陈雨琦

　　我是一个热爱音乐的孩子。我从小就热爱音乐，听妈妈说，我还在妈妈怀抱的时候，只要一听到音乐，就会不哭不闹，竖起小耳朵，眼睛一眨也不眨地听。当我会说话时，只要一听到音乐或歌曲，就要跟着哼，结结巴巴地跟着唱上两句，有时还手舞足蹈……那时，爸爸妈妈总是说，这小家伙好像很有音乐天赋。

　　我懂事后，爸爸妈妈便给我买了一架电子琴。从此，不管是冬日，还是夏日炎炎，每天我都要坐在电子琴旁练上几个小时。

　　在我十岁生日那天，爸爸妈妈给我买了架梦寐以求的钢琴。我高兴极了！钢琴能发出美妙的声音，全靠十个灵巧有力的手指。刚开始练琴，为了使手指有力，我总是几十遍、几百遍地把手指高高抬起，手腕不动弹，一拍一个音，一拍两个音……使劲地练，有时竟把手腕练得使不上力了。

165

　　就这样，日复一日，每天清晨上学前，我总要练上半小时音阶；每天放学一回家，就先练上半小时练习曲；晚上做完作业，还要练上半小时的曲子才上床。放寒暑假了，在我的时间表里，每天总要排上四五个小时的练琴时间。

　　两年来，我既有练琴时洒下的滴滴汗水，也有练不好琴受老师批评后的泪水；既有得到表扬后的欢乐，也有遇到挫折后的苦恼。但我还是坚持了下来，因为我喜欢钢琴，我热爱音乐。

　　作为一项爱好，我练琴才刚刚开始，艰辛的道路还长着呢！不过，即使我不会成为音乐家，我对音乐的爱好也会终生不变。

走路的乐趣

龚适之

我家住的小区，离学校很远。爸爸说，大概有五千米的路程。虽然，搭环城车、的士都很方便，但我和在我们学校当老师的妈妈却不坐车，总是一起走着去，走着回。从我上幼儿园大班到现在，有四年的时间了，几乎天天都是这样。以前，只是妈妈喜欢走路；现在，我和妈妈一样喜欢走路。走路的乐趣实在很多。

走路，可以活动腿脚，锻炼身体，磨炼意志。运动会上，我可是个令人闻风丧胆的健将，这绝对不是吹牛哦！一百米、二百米、四百米、八百米，我都拿过冠军。现在，我还是学校绳毽队的队员呢！

166

每天，我和妈妈手牵着手，一边走，一边说说笑笑，总有说不完的话。有时候，我给妈妈讲故事。《舒克和贝塔》、《鲁西西传》、《小香咕》……我看一本，讲一本。讲故事的时候，我喜欢添油加醋，还常常加上一些滑稽的动作，总逗得妈妈哈哈大笑。

有时候，我和妈妈比赛背古诗。《小学生必背古诗八十首》，我老早就背完了，像《木兰诗》、《琵琶行》、《卖炭翁》这样的长诗，我也背了不少。在班上，我算得上响当当的"背诵大王"呢！

在路上，我也喜欢把班上的新鲜事讲给妈妈听，常常我还没说完，妈妈就"咯咯咯"地笑开了。有时候，我遇到了难事，讲给妈妈听，她总能帮我出谋划策，像个"军师爷"。

看，不知不觉，我和妈妈又到家啦！

火盆的记忆

钱俊男

前几日回乡下姥爷家，吃到了多年没见的炭烧爆米花，于是，关于火盆的美好记忆就清晰地浮现在脑海中。

前几年，姥爷所住的村子还没有安装暖气，火盆就成为很多人家冬季取暖的主要设备了。火盆就像一个倒扣着的草帽，宽檐深坑。使用时，将还没有燃尽的柴火从灶膛撮进火盆，再把火盆端到炕上，全家人围盆坐下，烤火取暖。早晨，起床时，先将冰凉的棉袄和棉裤用火盆烤热，然后再穿上。热烘烘的棉袄、棉裤刚一粘到身上，一股股暖流便瞬间传遍全身；中午，火盆里的炭火渐渐燃尽，屋内暖意融融，窗玻璃上奇形怪状的"霜花"，在火盆的烘烤下，都消失不见了。

在当地，不管是谁家，一旦有客人来，家中的主人准会把客人热情地让到铺着苇席的土炕上，拉坐在火盆旁边，乡里乡亲围着红红的一盆炭火，唠些特别暖心窝子的农家院嗑儿。偶尔，也会掏出铜杆烟袋，用火盆里的炭火点燃，吧嗒吧嗒地吞吐几口烟。屋里屋外洋溢着浓浓的亲情和乡情……

火盆还是我们这些小孩子们的心爱之物——用火盆烧出来爆米花，那才叫好吃呢。把金黄、油亮的玉米粒埋在火盆里，用不了两三分钟，就见火盆中炭灰"噗"地崩起一股灰烟儿，接着冒出来一股股特有的香气：一个完整的爆米花就像变魔术一样跳出灰堆，绽放在盆檐上，趁热吃下，真是又香又脆。

时光如流，不管可爱的火盆将来的命运如何，我总是忘不了它，忘不了它伴随我度过的那些在乡下的日子和美好的记忆！

送温暖

王伟吉

阳光明媚的一天，妈妈决定带我去看望钟旭。

可别以为钟旭是我的亲戚，他是一个贫困生，妈妈在报纸上看到的，他刚满十岁，父亲早逝，母亲又患有先天性小儿麻痹症，左脚动弹不得，家里唯一的收入就靠一个小小的食杂店赚点钱。天刚蒙蒙亮，钟旭就要到他们居住的小镇上去批发一些小食品回来，然后背起书包朝学校赶。即使他的家境如此贫寒，可他的成绩却奇迹般的好。妈妈决定带我去看望一下他们。通过报纸上提供的地址，一路颠簸，几经周折，总算到钟旭家了。

这是一间低矮的草房，前面是食杂店，食杂店不大，褐色的货架上摆放着各种各样的零食、烟和文具，这儿还有一扇破旧的木门通向后面的房间。食杂店前，一个三十多岁的女人盘腿坐在一张旧得发黄的椅子上，椅子旁边还有一把用树干做成的拐杖。她身穿一件皱巴巴的花布衬衫，一张瘦黑的脸上堆满一道道深深的皱纹，雀斑就像天上的繁星一样多，老茧布满了她手心的每一个角落，显得非常苍老。她见我们来了，问："你们买什么？"我妈说："我们是来看望钟旭的。"她笑着说："谢谢。"然后向后喊："钟旭，快来，有客人！"不一会儿，从那扇破旧的木门里跑出来一个穿着一件沾满油渍的小背心的小男孩，他身材瘦小，蓬乱的头发里夹着汗珠，用忧郁的眼神注视着我们。妈妈说："你就是钟旭吧，伟吉，你们认识一下吧。"

随后我跟着他走进他们住的房间，这儿到处堆满了货物，两张床上一片狼藉，旁边一张破旧的椅子上放着个红色的小书包，前面有一张缺了一个角的桌子，钟旭他们找了一块比较平整的石头来代替桌角，可桌子还是不平整，桌子还摆放着他们吃剩的饭菜，墙上布满奖状，隐隐约约可以看见奖状之间有一些小洞，墙上面还有一盏吊灯，因为灰尘太多了，所以灯光有些模糊。

回到小卖部，看见妈妈和钟旭的妈妈正面对面地坐着，我发现她们的眼睛都红了，钟旭的妈妈正讲述着自己的悲惨命运，她的声音已经沙哑，眼里也有几丝忧郁，妈妈把随身带的衣物和八百元钱给她，这时，她一下子哭了，说："太谢谢你们了！"也许是妈妈不想勾起她过多的辛酸的回忆，装作不经意地看了一下表，说："呀，时间不早了，我们得走了，我们以后再来。"随后，坐上回家的车，离开了这间破旧的房子，可我忍不住往后看。钟旭用期待的目光使劲地向我们挥手。

钟旭和他们的小茅屋慢慢地从我的视线中消失。他那瘦小的身躯，忧郁的眼神和渴望的目光却在我的心中挥之不去。

我们是同龄人，可我们的命运竟如此不同，想到这些，我难过得想哭。我一定要刻苦学习，掌握许多知识，将来尽我所能，来帮助这些贫困、残缺的家庭，让这些贫困儿童无忧无虑地生活，快乐地成长。

169

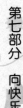

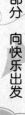

第七部分　向快乐出发

我喜欢微笑

李昕霓

自认为从小到大，我是个天真烂漫的小女孩，也许一个微笑就能让你记住我。有可能你会觉得微笑太俗了，不过你想想如果每个人都带着微笑，世界该多么美好、幸福。我渴望着一切美好的东西——我想拥有它们。

微笑是一种快乐，是一种温暖，是一种关怀，还是一种希望。当好朋友在一起玩的时候互相都带着微笑，那是快乐。当你考试没考好，妈妈来安慰你，那是温暖。当爷爷、奶奶看着你出国上大学，他们含着泪的微笑，那是关怀。

当病人的病情逐渐好转，护士向那病人微笑一下，那是希望。微笑有很多含义，但是那都是美好的、幸福的。

如果有人说我不开心了，那简直是个"奇迹"了。我认为我不仅天真，我还开朗，想在我这里找不到阳光般的微笑，还真不容易。

如果你曾经有过什么不快乐的事和想法，快忘掉吧！应该走向幸福阳光的世界，不管你是内向还是外向的，你都要微笑，那是让你的生活更加美好的灵丹，是让你的生活更加幸福的妙药，你何不去尝试一下呢？

让那些不愉快的事，不愉快的人，都变得幸福，一起去那茂密的森林，在那里微笑；一起去那宽阔的大海，在那里微笑；一起去那富饶的田园，在那里微笑，让你的心自由。

你能给我个微笑吗？那充满着幸福与美满的微笑——我喜欢。

一个攒钱"狂人"

刘瑶瑶

前一段时间，爸爸答应给我买一辆自行车。可总是今天推明天，明天推后天的，都过去一个月了还没买。有一天，爸爸忽然对我说："你不是想要自行车吗？你可以自己攒钱买呀！"我想了想，点头同意了。可光靠我每天的零花钱，要攒到何年何月呀？爸爸好像看透了我的心思，给我出了个主意："你可以把咱家的废品卖了，卖多少都归你！"

机会来了，上星期一老师没布置作业。一放学，我就飞奔到家，把家里的易拉罐、废纸箱、旧报纸和啤酒瓶清理到一块儿，搬到楼下的三轮车上，拉到废品收购站。由于我们家很长时间没有卖废品了，所以这些废品攒了满满一三轮车，可让我占了个大便宜。一车废品一共卖了十元钱。回到家，我兴高采烈地把这些钱放在存钱罐里。我在为自行车而努力呢！

从那以后，我看到好玩的玩具不再买了，看到好吃的东西也不再买了。并且一有空就到妈妈的雪糕批发点去，看看有没有废纸箱。如果有，就拉到收购站去卖，把钱存到存钱罐里。妈妈说："你真是个攒钱狂人啊！"

我现在已经攒了将近六十元了，我要争取早日攒够钱，买一辆漂亮的自行车，让说话不算数的爸爸看看我努力的成果！

171

第七部分 向快乐出发

幸福就在我心中

郭宇涛

　　"啊！幸福的日子什么时候来！""我要追求幸福！"在我们平时的生活中，总会听见这样的话。幸福是什么呢？这是一个抽象的概念，也是一个具体的概念，它很模糊，可又能代表成功、生命、奋斗、金钱……也许词典上有它的解释，可千百万种幸福的感觉又怎能解释呢？

　　小时候，我喜欢写作，可投出去的稿件都石沉大海，我没有灰心，反而更加努力练笔。终于，有一篇稿件见报了！看着那份销量不小的报纸上自己的文字真的印成了铅字，不禁觉得自己很幸福：成功就是幸福。

　　一次看报纸，头条新闻是个重大消息：某日，某地飞往某地的一架飞机坠毁，机上人员全部遇难，无一人生还。我不禁为遇难的人们伤痛，也觉得自己能活在这个世界上就是幸福：活着就是幸福。

　　我家旁边的马路上发生了一起车祸。一个人摔断了腿，车也被撞坏了。自己也为他感到惋惜：如果车开慢点儿，守规矩点儿，怎么会撞车呢？同时也为自己感到幸福：平安就是幸福。

　　放假了，和爸爸一起去庐山旅游。走了大半天的山路，腿都软了，离山顶还有一段路，便想求助于爸爸，但又一想，如果能坚持自己爬上山顶，登到山顶的时候，一定更激动。果然，我依靠自己的力量登上山顶之后，视野开阔了，人也心旷神怡了，不禁感到了幸福：奋斗就是幸福。

　　啊！幸福原来这么简单！只是我们在幸福之车上坐久了，已经麻木了吧！闭上眼睛想一想，自己是多么幸福，就在这一瞬间，你一定可以体会到：幸福就在自己的心中。

有种煎熬叫快乐

马　政

“同学们，明天春游了！”老师的话音刚落，教室里便炸开了锅，欢呼声此起彼伏。太好啦！天天浸泡在书海中的我们终于可以到大自然中“疯狂”一把了，那份快乐真是无法言喻！

放学的铃声刚刚奏响，我便像一只出笼的小鸟儿迫不及待地冲出校门，一路狂奔到家，兴奋的血液在体内飞速地奔腾着……

吃过晚饭，洗漱完毕，我早早地准备去睡觉，突然一丝担忧又爬上心头：明天会不会下雨呀？我连忙来到阳台上，抬眼望去，钻石般的星星坠满了湛蓝的天空，明天一定是个艳阳天！

我走进卧室，一下子钻入了被窝。不知怎的，我在床上翻来覆去，始终没有丝毫倦意。“快睡！快睡！”我暗暗催促着自己。可大脑皮层依旧处于兴奋的状态！我索性从被窝里爬了起来，打开窗户，啊，一股凉爽的春风迎面扑来。我伏在窗台上，仰望着天空，那些可爱的小星星依旧一闪一闪。小星星，你们是不是也去春游啦？“阿嚏——！”呀！可不能着凉了！我连忙关上窗户，钻进被窝。想着明天的情景，想着想着，眼前开始朦胧起来……

我猛地一惊醒，呀，已是八点钟了！不好！要迟到了！急得我哇哇大哭起来……

“马政！马政！你怎么了？”这是妈妈的声音，我睁开眼一瞧，好家伙，原来只是一场梦。“看你，想春游都快想疯了！”妈妈轻轻地摸了一下我的鼻子，“接着睡吧，才三点多钟。”唉，今天时间老人是不是病了，怎么走得这么慢？真是折磨人呀！

我又无奈地钻进被窝，望着洁白的天花板，默默地数着：“一、二、三、四、五……”

快乐的一天

孙卓君

窗外，无情的太阳把它那耀眼的光芒洒到了我稚嫩的脸上。把我从美梦中唤醒，我为它的精神所感动：它每天坚持为人类造福，日日夜夜、勤勤恳恳！我看了看闹钟，已是八点半了。老爸老妈在干吗？我决定去看个究竟。我打开房门，发现爸妈已经起床，正在做早餐，不像我这个懒虫，睡到这个时候。

我穿好衣服走出去，妈妈像是见了鬼似的，提高了嗓音说："呦，你起来了！再睡一会儿吧！""今天去哪儿玩？"前两天玩得疯疯癫癫的，所以今天一起床就迫不及待地问了一句。

"让你爸决定吧！"妈妈不假思索，脱口而出。爸爸清了清嗓子，整了整衣角，郑重地说："各位女士，各位先生，今天我有一个宏伟的计划，请诸位思考并采纳，谢谢合作！Thank you！"从来不说"洋文"的爸爸不知现在葫芦里卖的什么药，跟我和妈妈绕起来：一会儿说去看电影，一会儿说开车去兜风，过一会儿又说在家待着，我记得有一句话是怎么说的？杀……杀……对！"杀人不眨眼"，我看，爸爸就是"撒谎不眨眼"！

经过我和妈妈的轮番"攻击"，爸爸失去了刚才那风流倜傥的高雅风度，迫不及待地说出了他那"宏伟计划"——苏州一日游！虽然我不是生在苏州，长在苏州，但已经来了两年多，对苏州已经了解了很多，想一想，真没什么可玩的。再说前两天已经游玩过了！可爸爸却不这么认为。正当我们不知第一站去哪儿玩的时候，一个电话及时打来了，原来是一月二日我们去美罗商厦购物，恰好那里在举办贵宾卡积分抽奖活动，没想到获得当天购物消费的二等奖，让我们去领奖。用妈妈的话说真是"开门红"啊！

领来了奖品，我们全家人的心情高兴到了极点，好玩的地方也排着队都赶来了，也许这就是给我两天后生日的礼物吧！

又是一个又累又开心的日子，把我的苦恼全都带走了，快乐尽在眼前，我真想说一句"我好喜欢你啊——快乐！"

想起这件事我就想笑

徐　倩

童年像一只小船，装满了快乐，装满了悔恨，也装满了傻事。每当我想起那件事就不由自主地笑出声来。

八岁那年的一个风和日丽的早晨，妈妈不知从哪儿捧来一盆鸡冠花。我仔细地欣赏着美丽的花儿：红红的脸蛋，婀娜的身姿，这么美的花该有多香啊！当我美美地把鼻子凑过去嗅时，可怎么也闻不出香味来，是不是我的鼻子有问题了？我又上上下下闻了一遍，还是什么味儿也没有。我觉得这不是太可惜了吗，于是一个念头在我脑海中诞生了！

下午，妈妈又出去了，家中只有我一个人，我迅速地从妈妈的梳妆台上找来一瓶还没有用过的香水，将一盆花彻头彻尾地喷个遍，直到满屋子都充满"花香"后才停手。我深深地吸了一口气，哇，真香！不觉哼起了"花儿为什么这样香"的歌曲，想象着妈妈回来后惊喜的神情，一定会不住地夸我聪明，心里不禁一阵狂喜。

过了大半天，妈妈终于回来了，一进屋，闻到一阵香味，便奇怪地问："哪来这么多香味啊？"我便自豪地将我的"英雄事迹"和盘托出。妈妈听了，哭笑不得，语重心长地说："你这么做只会帮倒忙，花的香味不是人工造出来的，香水里有酒精的成分，喷在花上，花会枯萎的！"我听到这里，只觉鼻子一酸，眼泪不听使唤地掉下来。妈妈连忙说："以后不要做这样的傻事了，给花儿洗个澡就会好起来的。"我一听，又破涕为笑了。

童年的故事还有很多很多，不过只能回忆，不能再做出来了。

种糖得"糖"

许照煌

我有一个五彩缤纷的童年，期间发生的趣事可多啦。最有趣的要数种糖得"糖"这件事了。至今想起仍会掩面偷笑。

记得我小时候跟别的孩子一样喜欢吃糖。六岁时，我听妈妈说过这样一句话："种瓜得瓜、种豆得豆是不变的事实。"天真烂漫又好吃的我霎时产生了一个想法：那种糖不就可以得糖吗？

我赶忙找来伙伴们商量了一下达成了共识：有糖的出糖，没糖的出力。大伙找来了铲子、小水桶，抱着一大堆的幻想，兴高采烈地来到了我家后院的空地上。

刚到达目的地，就捋胳膊挽袖子，提水、挖坑分工有序。想到不久就会有一大堆的糖果供我们吃，我就特来劲儿，铲子插入土中，一脚蹬铲子，双手紧握铲柄，往上一撬，一口气挖了五个小坑。接着我们把糖果放入小坑里，像农民种豆一样填土、浇水。

到了家里，我满脑子都是糖。那巧克力糖的香，那牛奶糖的鲜……都令我垂涎欲滴，好想吃个够。

我一有空就会去"糖地"转转。几个小伙伴也轮流到这里为"庄稼"除草、施肥、浇水。而且，每次我想撒尿时，都尽量憋着跑到"糖地"解决，"肥水不流外人田"嘛！

秋收时节到了，当人们开始收割稻谷时，我和小伙伴们带着一大堆的塑料袋，满心欢喜地向"糖地"走去……

结果你们应该猜到了吧，一切付之流水。不，我真得到了"糖"，那"糖"一直让我甜到了现在。

醉　酒

章浩然

　　傍晚，我放学回家。爸爸已经在葡萄架下支起了一张小圆桌，正在往他平日喝酒的高脚杯里倒酒。由于倒得猛，酒从杯子里溢到了桌上，爸爸也顾不得卫生，弯下腰，把嘴贴在桌面上，"哧溜"一下，把酒吸进肚里，美滋滋地咂嘴说："啊！真香！"

　　爸爸见我回来了，忙说："乖儿子，爸爸给你做个拿手菜。"说完，就进厨房去忙活了。

　　我坐在桌前，脑海中还在想着刚才爸爸喝酒时的惬意劲儿。我心想："这酒一定比牛奶还好喝！要不爸爸怎么常说'酒是天河水，喝了长智慧'呢？我也来试试看。"

　　我踮起脚，来到厨房窗前，看见爸爸正在厨房里全心全意地展示他的厨艺呢。于是，我跑回小圆桌旁，端起酒杯，就如同平日喝开水一样，一仰脖，将那满满一杯酒咽下了肚，然后飞快地跑进屋里藏了起来。说实话，由于喝得过急，只觉得酒有点儿辣，又有点儿香，反正比我生病时妈妈给我喝的药水好喝多了！

　　也许是刚才喝得太快，还没有仔细品尝酒的滋味的缘故，所以，见爸爸还在厨房，我又慌忙倒了一杯，端起酒杯，又是一饮而尽，顿时，感觉喉咙里火辣辣的，我急忙溜回了我的房间。

　　不好，过了一会儿，我就感到自己的身子轻飘飘的，地也好像变得崎岖不平的，整个人就像腾云驾雾似的，飘飘悠悠、迷迷糊糊，然后，没有了然后……

　　后来我听爸爸说，他喊我吃饭，我没有应答，可把他吓坏了，后来见我倒在沙发上，满嘴酒气，才明白了一切。

　　唉，看来这酒还真不好喝。

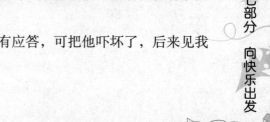

洗 照 片

戴晶晶

语文课上，江老师正在指导口语交际——我家的一张照片。看到"照片"两个字，我"扑哧"一声笑了。笑声引起了老师和同学的兴趣，于是我站了起来，讲述了一件关于洗照片的事。

那是几年前的六一儿童节，妈妈把我打扮得花枝招展的，带我到人民公园拍照片。花坛里、草坪上、大树下、碰碰车旁……妈妈教我摆出了一个个的姿势。她边给我拍，边讲解道："晶晶，照相机里装有胶卷，胶卷冲洗后就会看见你的照片了。"我听了禁不住要看照片。妈妈答应我下午下班后洗照片。

下午妈妈上班了，我想着妈妈说洗照片的事。"这么简单的事，还要你下班洗？我也会洗啊！"我从抽屉里拿出照相机，来到卫生间，拧开水龙头，放了半盆水，把照相机放在水里洗了起来。洗啊洗，洗了半天，还没有洗出照片来。突然我想起妈妈说要冲洗，于是我把水龙头拧到最大，把相机放在下面不停地冲。"咔嚓！"一道光闪过，我吓了一跳，定了定神，我费了好大的劲儿，把相机拆开，对着水龙头，里里外外洗了几遍，可照片怎么也洗不出来。没办法，只好等妈妈回来洗啰。

晚上，妈妈下班后准备带我去洗照片，发现相机湿淋淋的。"哎呀！照相机怎么这么湿呀？"我生气地说："我想洗照片，可怎么也洗不出来！""你——你放在水池里洗了？"妈妈听了眼睛瞪得像个铜铃……

"哈哈，哈哈……洗照片！""就这样洗照片！"欢笑声充满了整个课堂。

自制酒窝

许 也

嘘，让我来告诉你一个小秘密，可别泄露出去哟！

大约八九岁时，我做过一件让我至今难忘的蠢事，现在想起来，还会为自己的举动感到脸红呢！

"爱美之心，人皆有之"，我就十分爱美。有一次，我在爸爸刚给我买的一本新书上读到作者的姥姥对她说"用筷子拧自己的脸颊可以拧出小酒窝来"时，顿时蠢蠢欲动，按捺不住自己的好奇心，还没等把这篇文章看完，就连忙跑进厨房，取了两只筷子，小跑到立式镜子前，把筷子合拢，然后贴在脸颊上，再旋转筷子，直到脸上出现了一个红彤彤的"小旋窝"方才住手。可是，当我一松手，脸上除了一块红红的"印记"之外，别无它物。我气极了，又使劲拧，拧啊拧啊，后来一碰脸颊就痛，我才不敢拧了。可除了疼痛以外，连半个酒窝也没弄出来。我气急败坏，拿起那本书，找到那篇文章，耐着性子读下去——噢！原来那个姥姥是在开小作者的玩笑！

吃饭时，爸爸看见我红彤彤的脸，捂着嘴说，真像猴屁股！接着又问我原因，我已经气得怒目而视了，为了捍卫我的尊严，我宁死不说。爸爸怪腔怪调："哎呀，国家安全局没把你弄去，是他们的失误。许也，你知道不，你天生就是当间谍的料！一句话也不透露给敌方！"

没变美反变丑了，我委屈了好几天。

哎呀你别笑，保不准你也自制过双眼皮什么的呢！

179

吹出来的奇迹

姜育秋

夏日的一天，天气炎热。我坐在桌前一边吹着电风扇，一边写着作业，一不小心，把一滴墨水滴在稿纸上。我刚要用纸去擦，就被顽皮的风娃娃吹出了一条长长的曲线，像一条潺潺流淌的小溪。我不由得想起美术课上老师教我们做的吹画，对，我何不来制作一幅吹画呢？

一做完作业，我便翻箱倒柜地找出作画的卡纸。我先在纸上轻轻地滴上一小滴墨水，因为担心把墨水吹到纸边，所以轻轻地吹了一口气，没想到这懒家伙竟然纹丝不动！我生气了，猛吸一口气，"呼"地又吹了过去。只见墨水加了加"油门"冲了出去。"身后"划出细细的线条，眼看就要冲出边界——纸边了，我连忙将卡纸转了一百八十度，继续歪着脖子，索性还闭上眼睛，"呼呼呼"地猛吹着。

卡纸上会是怎样一幅画呢？我慢慢睁开眼，心中祈祷着这是一幅神奇的画。看见了！像什么？像一棵苍劲的大树？但是"枝条"过于纤细；像秋日的菊花？但是"花丝"又过于稀疏；到底像什么呢？细细的触须，修长的身体，快活地玩耍，对，这不就像一只嬉戏的虾吗？我立刻给它命名为"虾戏图"，妈妈听了也连连赞成。

一张纸，一滴墨，一口气，就是一幅画，多么神奇，创造力不就在我们身边吗？我把这幅吹画端端正正地贴在小书橱的玻璃上，让它时时陪伴着我。

我与石子

蒋家欢

从小，我便很喜欢沙子，总在沙堆里玩。玩着玩着，我发现沙堆中的石子特别有趣，便不分大小好坏都带回了家。结果，有的被妈妈拿去与水仙花做伴，有的被我当成宝贝收藏起来，还有的就不知去向了。

渐渐的，我长大了，但是对石子的喜爱却与日俱增。每次看到沙堆，我都会停下来细细地搜索一翻。发现有好看的石子，便如获至宝般地捡起来。"集石"已成为我生活中必不可少的调味品。

一天，我在沙堆里发现了一块纯白色的圆润的石子，便把它拾起来，一看，原来只有半块，样子有点像木鱼。我突发奇想，何不在上面画一些图案，写几个字呢？说干就干，我找来了毛笔和颜料，开始在石头上作起画来。我先画上了一朵兰花，因为我喜欢它与世无争的幽雅淡然，再画上一只蝴蝶与它做伴。再写些什么字呢？我想到了我的朋友小兰，对了，就写"友谊永存"吧。写完字，我怕它一碰到水，那字和画就会化掉，就找来了我家造房子时多出来的油漆，在石子的表面细细地刷上了一层清漆。哈，一块漂亮的"纪念石"就这样诞生了！不用说，现在这块石头当然在小兰的书桌上了。

从此，我开始了更疯狂地集石。只要见到好看的石头，我就会不顾一切地把它弄到手；只要有空，我就会在那小小的天地里，显示我不太成熟的书画技巧；只要是我的好朋友，也都收到过我饱含情谊的作品。

我爱这些小石子，我也会让它们变得更可爱。

181

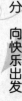

我家的音乐会

沈嘉明

七月的骄阳，火烧火燎。

一天，我正在奶奶家画画。突然，奶奶家门前的几棵大树上传来了蝉"知了——知了——"的嘶叫声，好像在开一场热闹的音乐会。于是，我很想去捉几只，让我家也开音乐会。

经过一番准备，我左手提着一个塑料袋准备放蝉，右手拿着专用的捕蝉网兜，急匆匆地冲下楼，向家门前的那几棵大树奔去。

我跑到了一棵大树下，仔细地观察着。突然"知——"的一声引起了我的注意。我发现一个目标：一只蝉正在树干上慢慢地爬着。"啊，你在这儿呀！"我高兴得连蹦带跳，又叫又吼，举着网兜在空中晃动，还没等到下罩，蝉就"知——"的一声飞到了高处。

看到蝉越飞越高，这时我想起了清代诗人袁枚的名诗："牧童骑黄牛，歌声振林樾。意欲捕鸣蝉，忽然闭口立。"我想，刚才可能是我惊动了蝉。

这次，我小心翼翼、蹑手蹑脚地走向另一棵大树。这些蝉好像在跟我捉迷藏似的，躲得我看不见。我自言自语道："蝉呀，你怎么不出来呢？"我正寻找目标时，忽然一棵树上传来蝉的叫声。我连忙跑过去，发现一只蝉停在树干上。我欣喜若狂，但马上镇定下来。我屏住呼吸，拿着网兜向蝉慢慢地移去，等到离蝉两寸时，我猛地一罩，蝉还不知道是怎么回事，就"扑、扑、扑、扑——"地飞进了网兜里。

"我捉到蝉了！我捉到蝉了！"我高兴地又蹦又跳，把蝉放进了塑料袋里。

就这样，我用这种办法，一只、两只、三只……我捉到了许许多多的蝉。

看着塑料袋里的蝉，我想到家里可以开音乐会了，心里比吃了蜜糖还要甜。